Espectros

DarkTales

ESPECTROS

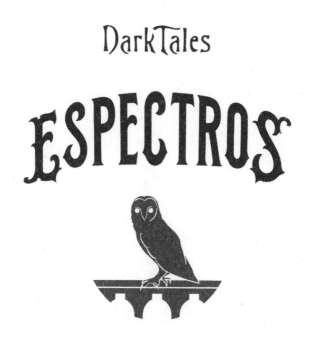

VERNON LEE

Traducción de Begoña Prat Rojo

Duomo ediciones
Barcelona, 2024

Título original: *A Phantom Lover and Other Dark Tales*

Publicada en 2020 por The British Library, 96 Euston Road Londres NW1 2dB

© de la introducción, selección y notas, 2020, Mike Ashley
© de la traducción, 2024 de Begoña Prat Rojo
© de esta edición, 2024, por Antonio Vallardi Editore S.u.r.l., Milán
Todos los derechos reservados

Primera edición: mayo de 2024

Duomo ediciones es un sello de Antonio Vallardi Editore S.u.r.l.
Pl. Urquinaona 11, 3.º 1.ª izq. 08010 Barcelona, Spain
www.duomoediciones.com
Gruppo Editoriale Mauri Spagnol S.p.A.
www.maurispagnol.it

ISBN: 978-84-19834-61-4
Código IBIC: FA
DL: B 6.089-2024

Diseño de interiores y composición:
Grafime, S. L.

Impresión:
Grafica Veneta S.p.A. di Trebaseleghe (PD)

Impreso en Italia

INTRODUCCIÓN
Poseída por el pasado

Los relatos de Vernon Lee acerca de lo extraño son un género en sí mismo. Lo eran en la época en que los escribió y siguen siéndolo hoy, con su estilo desafiante y único. El lector no encontrará en ellos manidas historias de fantasmas, ni siquiera en «El amante fantasma»,* que muchos consideran su relato sobrenatural más tradicional, aunque podría argumentarse que en la historia no aparece ningún fantasma. Cuando menos, no uno normal.

Sin embargo, a pesar de que la vida y las pasiones de Vernon Lee se enfocaban hacia lo tradicional tanto en el arte como en la música, la autora deseaba aventurarse en lo insólito de una manera que fuera característicamente suya. La utilización del título *Hauntings* («Presencias») en su colección más conocida de relatos sobre lo extraño no se debe a que estén llenos de fantasmas, pues en ellos no se refleja ese tipo de presencia

---

* Incluido en *Presencias* (Duomo, 2023).

fantasmal. Para Vernon Lee, a todos nos persigue algo: el pasado, nuestros recuerdos, nuestros deseos, nuestras esperanzas y nuestros miedos. Podemos llegar a obsesionarnos con ellos hasta tal punto que nuestros temores acaben manifestándose en forma de una fuerza que nos posee y que tal vez no resulte visible para ningún otro observador. Todo podría estar en nuestra mente o en nuestra imaginación. «El amante fantasma» encaja mejor en la categoría de relatos psicológicos de fantasmas que en la de las habituales historias de miedo victorianas, igual que sucede con *Otra vuelta de tuerca* de Henry James, que fue amigo de Lee.

La propia Lee estaba obsesionada con el pasado, y se rodeaba de estudios sobre arte y cultura europeos, en especial de Italia. Sentía una gran fascinación por las leyendas y los cuentos populares, y más adelante creó los suyos propios, mucho más creíbles que cualquier narración tradicional. Poseedora de un talento extraordinario, Henry James advirtió a su hermano William sobre ella con las siguientes palabras: «Es tan peligrosa y desconcertante como inteligente, y eso ya es decir mucho». El escritor y viajero Maurice Baring, a quien dedicó su última colección de relatos, *For Maurice*, la calificó como «la persona más lúcida que he conocido en mi vida».

Lee fue muy precoz. En 1870, con apenas trece años, vendió su primer relato, que trataba de una moneda y sus dueños a lo largo de los siglos, al periódico francés

La Famille. Cuando el editor le cambió el título y realizó algunas modificaciones más, Lee se puso furiosa, y el incidente sirvió para cimentar su determinación de escribir y obtener reconocimiento. Es difícil establecer de dónde procedían su precocidad y su inteligencia, ya que la autora tuvo una infancia complicada.

Vernon Lee nació con el nombre Violet Page el 14 de octubre de 1856 en un *château* a las afueras de Boulogne, en el norte de Francia. Su madre, Matilda, que tenía cuarenta y pocos años al dar a luz a Violet, era descendiente de una ancestral familia colonial que había amasado su fortuna en las Indias Occidentales y las colonias americanas. Su primer marido había sido el capitán James Lee-Hamilton, con el que tuvo un hijo, James Eugene Lee-Hamilton, nacido en 1845. Su esposo murió en 1852, con poco más de veinte años, y Matilde se trasladó a Francia con su hijo. Allí contrató a un tutor para el joven James llamado Henry Paget, que era casi veinte años menor que ella, aunque eso no supuso ningún impedimento para que se casara con él en Dresde en octubre de 1855. Violet fue la única hija de este segundo matrimonio.

Aunque Matilda fue una presencia dominante en la vida de Violet hasta su fallecimiento en 1896, sentía una mayor devoción por su hijo James, que tenía una salud delicada debido a una serie de dolencias psicosomáticas. Eso hizo que Violet se viera privada del amor de su madre y tal vez ese fuera el motivo de que, más adelante, buscara figuras maternas. A pesar de todo, Matilda, que había recibido una buena educación, se aseguró de que Violet también la tuviera y, aunque no tardó en aburrirse de su esposo, permaneció a su lado viviendo en diferentes lugares de Europa hasta asentarse finalmente en Florencia en 1873. Esta ciudad se convirtió en el hogar preferido de Violet, sin menoscabo de su cosmopolitismo y de que hablaba con fluidez italiano, francés y alemán.

Su pasión por la música y el arte le venía de sus progenitores, aunque más de su madre, que era una intérprete musical muy dotada. En su adolescencia, Violet se sumergió en la cultura y la historia de Florencia e Italia en general. Su madre apoyó sus aspiraciones de convertirse en escritora, y sus estudios de arte florentino e italiano culminaron en su primera obra, la colección de ensayos *Studies of the Eighteenth Century in Italy*, publicada en 1880 con el seudónimo de Vernon Lee, que ya había utilizado para diversos artículos en revistas y que de esta manera se convirtió en una especie de segunda personalidad. El apellido derivaba del apellido de su hermanastro, y escogió Vernon como nombre porque resultaba vagamente andrógino, aunque era probable que se considerase masculino. De hecho, antes de que se conociera su verdadera identidad más de un crítico se refirió a ella como «el señor Vernon Lee».

En el momento en que su libro vio la luz, Lee (así me referiré a ella en adelante) ya había recopilado una colección de cuentos tradicionales locales que publicó anónimamente con el título *Tuscan Fairy Tales*. Se trataba de adaptaciones libres que elaboró a partir de diversas fuentes y, en ese sentido, constituyen sus primeras obras de ficción. Más importante aún, eran una recreación personal de cuentos y leyendas ya existentes, un concepto que desarrolló más adelante en su carrera al concebir sus propias leyendas de modo que encajaran en la historia del arte y la cultura locales. También escribió una parodia de los cuentos de hadas, *The Prince of the Hundred Soups*, publicada en 1883 y que está estructurada en forma de obra de teatro para marionetas. De niña, Lee había pasado mucho tiempo jugando con títeres y muñecas, y estos aparecen ocasionalmente en sus relatos, como en «The Doll», (publicado originalmente con el título «The Image» en 1896), que trata de una muñeca de tamaño real creada a imagen de la esposa fallecida de un hombre. Dicha narración no está incluida en esta antología al no ser estrictamente sobrenatural, aunque en su atmósfera se respira sin duda la intensa y continuada influencia que ejercen los muertos sobre los vivos. Lee la escribió poco después del fallecimiento de su madre, que, con su apenas metro cincuenta de estatura, tenía también el aspecto de una muñeca. El influjo de su figura persiguió a Lee durante muchos años.

Su primera historia sobrenatural, «A Culture Ghost», apareció en *Fraser's Magazine* en enero de 1881 y es un claro ejemplo de cómo alguien puede acabar obsesionado con el pasado, acosado por un cuadro y la voz de su modelo. Por entonces, Lee todavía estaba experimentando con el estilo de su narrativa de ficción, y no tardó en repudiar este relato temprano y volver a abordar el tema seis años después en «Una voz perversa». Sin embargo, a pesar de partir del mismo planteamiento, ambas historias se desarrollan de una forma inequívocamente distinta, y aunque Lee incluyó la segunda en su primera colección de relatos de lo insólito, *Hauntings*, publicada en 1890, más adelante reconoció el valor de «A Culture Ghost» y acabó por preferirla e incluirla en su última colección, *For Maurice*, de 1927.

Lee solo escribía historias misteriosas cuando estaba de humor para ello. La mayor parte de su obra, que incluye cuarenta y cuatro libros, consiste en ensayos y monografías sobre arte e historia, así como biografías. Fue una gran propulsora del esteticismo, un movimiento artístico inglés que floreció a finales del siglo XIX, y es esa veneración por la belleza y el arte la que dota de una poderosa atmósfera tanto a sus obras de ficción como a sus ensayos. Estos últimos, o al menos algunos de ellos, están tan imbuidos de la significación y el sentido que se atribuye a los lugares, un rasgo característico del esteticismo, que terminan por transformarse en una corriente de conciencia más parecida a un poema en prosa que a una obra no ficcional. Por ese motivo, su poco conocido ensayo «Los bosques encantados» (incluido en el título *Presencias* de esta misma colección), da voz a su visión de cómo el mundo que nos rodea debería exaltar nuestra imaginación.

En su opinión, lo sobrenatural es aquello que surge de «la imaginación estimulada por cierto tipo de entorno físico». En su ensayo *Faustus and Helena*, publicado en 1880, antes de la aparición de cualquiera de sus relatos sobrenaturales, Lee escribe lo siguiente:

[Lo sobrenatural] es el efecto de la imaginación sobre ciertas impresiones externas, son esas impresiones manifestadas y personificadas pero de una manera vaga, fluctuante y en constante cambio. La personificación sufre constantes alteraciones; se refuerza, se diluye, se amplía, se ve limitada por una nueva serie de impresiones externas, a medida que la forma que moldeamos con aglomeraciones de masas nubosas fluctúa con cada movimiento. De pronto un vapor cambiante borra la forma, para luego comprimirla y dotarla de un aspecto único: la criatura fantástica bate ahora sus alas lentamente y luego las extiende y les insufla vida hasta que parecen las de un grifo; en un momento dado tiene pico y garras mientras que, en otros, luce crin y pezuñas. La brisa, la luz del sol, los rayos de luna la crean, la alteran y la destruyen.

Eso es precisamente lo que ocurre en los relatos que presentamos aquí. El lector percibirá algo extraño, incongruente pero sustancial, que permea la narrativa y, cuando crea haberlo identificado, Lee sabe cómo hacer que resulte aún más confuso e impenetrable. Nos encontramos ante enigmáticas fantasías más que ante historias de fantasmas, y no cabe duda de que se trata de figuraciones intelectuales.

Lee escribió la mayor parte de sus historias sobrenaturales en las décadas de 1880 y 1890, y su último auténtico relato de lo extraño, «La hermana Benvenuta y el Niño Jesús», apareció en 1905. Aunque en 1913 publicó una última leyenda humorística, «Tannhauser and the God», y en 1921 una historia sin elementos fantásticos, «Dom Sylvanus», parece que el siglo XX aplastó su necesidad de envolver la imaginación en la gloria del paisaje. Su novela *Louis Norbert* (1914) tiene vestigios de lo sobrenatural, pero consiste más en una exploración gozosa de la Francia del siglo XVI. Da la sensación de que Vernon Lee era una mujer adelantada a su época. Su frustración con el mundo que la rodeaba fue creciendo con los años y en sus obras *The Ballet of the Nations* (1915) y *Satan the Waster* (1920) condenó los horrores de la guerra. Zambulló su imaginación en el *genius loci* y lo plasmó en ensayos como los que se recogen en *The Tower of Mirrors* (1920) y *The Golden Keys* (1925).

Vernon Lee disfrutaba de la camaradería femenina, tanto para encontrar a una mujer que gestara a sus hijos como para satisfacer sus necesidades sexuales y emocionales. En su biografía *Vernon Lee* (2002), Vineta Colby describe a Lee como una «lesbiana sexualmente reprimida», constreñida por la actitud victoriana hacia la sexualidad, sobre todo después de la decadencia de la década de 1890. Las relaciones de Lee con mujeres solían acabar en desencanto. Su temprana unión con Mary Robinson en la década de 1880 llegó a su fin cuando Mary la abandonó para casarse con un hombre, hecho que sumió a Lee en un colapso mental que se prolongó a lo largo de seis meses. Luego conoció a Clementina *Kit* Anstruther-Thomson, con la que mantuvo una estrecha relación hasta 1898, cuando la magia desapareció y ambas se distanciaron. Tal vez fuera esta circunstancia la que aplacó la torturada imaginación de Lee e interrumpió la producción de sus relatos sobrenaturales.

Su vínculo más dilatado con una mujer fue con la compositora y sufragista Ethel Smyth, aunque la suya era una relación a distancia. En sus últimos años de vida, Vernon Lee se vio aquejada por una sordera progresiva y se entregó a la soledad, que ocupaba yendo en bicicleta por los caminos y senderos cercanos a su villa Il Palmerino, en Florencia. Murió el 13 de febrero de 1935 a los setenta y ocho años, tras una serie de ataques al corazón. En su testamento dejó escrita la prohibición de escribir su biografía, aunque en 1937 su amiga Irene Cooper-Willis publicó una selección de su correspondencia titulada *Letters*, en una edición limitada a tan solo cincuenta ejemplares.

Aún en vida, Montague Summers calificó a Vernon Lee en su libro *The Supernatural Omnibus* como «la mayor exponente de lo sobrenatural en la ficción», a pesar de lo limitado de su producción, pero después de su muerte se hizo cada vez más difícil encontrar sus obras de ficción, hasta que el editor Peter Owen las volvió a publicar en 1955. Desde entonces se han recopilado diversas antologías, aunque es una autora que siempre ha permanecido en la periferia del género. En la historia sobre la literatura de lo sobrenatural *Unutterable Horror* (2012), de S. T. Joshi, este incluyó su obra «en una categoría curiosa e indefinible», mientras que otros historiadores apenas la mencionan. Sin embargo, su obra se niega a caer en el olvido y, del mismo modo que sus personajes están obsesionados e incluso poseídos por el pasado, sus relatos siguen fascinando y poseyendo al lector. Es la singularidad de su visión la que hace que sus libros sean tan poderosos e inolvidables.

MIKE ASHLEY

LA AVENTURA DE WINTHROP

I

Todos los amigos íntimos reunidos en la villa de S—
sabían que Julian Winthrop era una criatura peculiar, pero estoy convencido de que nadie esperaba de él
una escena tan excéntrica como la que tuvo lugar el primer miércoles del septiembre pasado.

Winthrop había sido un asiduo visitante de la villa de la condesa S— desde su llegada a Florencia, y,
cuanto mejor conocíamos su carácter fantasioso, más
nos gustaba. A pesar de su juventud, había mostrado
un talento más que considerable para la pintura, aunque todos parecíamos coincidir en que ese talento que-
daría en agua de borrajas. Su naturaleza era demasiado
impresionable, demasiado voluble para dedicarse con
constancia a una tarea, y sentía demasiada predilección
por toda clase de artes como para dedicarse exclusivamente a una. Por encima de todo, tenía una imaginación demasiado ingobernable y un amor por los detalles demasiado incontrolable como para fijar y plasmar
cualquier impresión de una manera artística; sus ideas

y fantasías cambiaban constantemente, como las formas de un caleidoscopio, y la inestabilidad y diversidad de esas ideas era su principal fuente de placer. Todo lo que hacía, pensaba y decía tenía una tendencia irresistible a convertirse en arabesco; los sentimientos y estados de ánimo se deslizaban extrañamente unos dentro de otros, los pensamientos e imágenes se enredaban en un laberinto inextricable, del mismo modo que, cuando tocaba música, pasaba sin darse cuenta de un fragmento a otro de manera totalmente incongruente y, cuando dibujaba, una forma se fundía con otra bajo su lápiz. Su cabeza era como su cuaderno de dibujo: llena de encantadoras pinceladas de color y de formas pintorescas y elegantes, ninguna de ellas terminada, unas superpuestas a las otras: hojas que crecían de cabezas, casas a horcajadas de animales, retazos de melodías anotados junto a fragmentos de versos, recortes encontrados en cualquier rincón, todos bellos y todos revueltos en un conjunto fantástico, inútil pero sumamente delicioso. En resumen, Winthrop dilapidaba su talento artístico por su amor a lo pintoresco y truncaba su carrera por su amor a la aventura; pero con todas sus vicisitudes, él era en sí mismo casi una obra de arte, un arabesco viviente.

Ese miércoles en concreto estábamos todos sentados en la terraza de la villa de S— en Bellosguardo, disfrutando de la hermosa y serena luna amarilla, y del delicioso frío nocturno tras un día de calor sofocante.

La condesa S——, que era una gran intérprete, ensayaba una sonata de violín con una de sus amigas en el salón, cuyas puertas se abrían a la terraza. Winthrop, que se había mostrado especialmente animado durante toda la velada, había retirado todos los platos y las tazas de la mesita de té, había sacado su cuaderno de bocetos y se había puesto a dibujar con su estilo onírico e irrelevante: hojas de acanto que se desparramaban hasta convertirse en la cola de una sirena, sátiros que crecían de unas flores de pasionaria, pequeñas muñecas holandesas con levita y trenzas que asomaban entre hojas de tulipán bajo su caprichoso lápiz, mientras él escuchaba en parte la música del interior y en parte la conversación del exterior.

Una vez que hubo ensayado la sonata de violín pasaje a pasaje hasta quedar satisfecha, la condesa nos habló desde el salón en lugar de reunirse con nosotros en la terraza.

—Quédense donde están —nos dijo—. Quiero que escuchen una antigua melodía que descubrí la semana pasada entre un montón de cachivaches en el desván de mi suegro. A mí me parece todo un tesoro, tan valiosa como un adorno de hierro forjado entre un montón de clavos viejos y oxidados, o un pedazo de mayólica de Gubbio entre tazas de café resquebrajadas. En mi opinión, es muy hermosa. Escuchen, por favor.

La condesa era una cantante excepcional, pues a pesar de no tener una gran voz y de no ser nada emotiva, atesoraba vastos conocimientos musicales y su ejecución era delicada y refinada. Si ella consideraba que una canción era hermosa, no podía por menos que serlo; pero era tan completamente distinta de todo lo que nosotros, los modernos, estábamos acostumbrados a escuchar, que la exquisitez con la que terminaban sus versos, sus delicadas piruetas y espirales, sus ornamentos dispuestos con simetría parecían transportarnos a un mundo con otra sensibilidad musical, una sensibilidad demasiado tenue y artística, equilibrada de una forma demasiado engañosa y sutil como para conmovernos más que a un nivel superficial; de hecho, no nos conmovía en absoluto, ya que no expresaba un estado de ánimo específico; era difícil determinar si era triste o alegre, y lo único que se podía decir es que era excepcionalmente elegante y delicada.

Así fue como me afectó la pieza a mí y creo que, en menor medida, al resto de nuestro grupo; pero al volverme hacia Winthrop me sorprendió ver la profunda impresión que le habían causado los primeros compases. Estaba sentado a la mesa, dándome la espalda, pero me di cuenta de que de pronto había dejado de dibujar y escuchaba con intensa avidez. En un momento dado, casi me pareció ver su mano temblar mientras descansaba sobre el cuaderno de dibujo, como si respirase de manera espasmódica. Acerqué mi silla a la suya; no cabía duda: todo su cuerpo se estremecía.

—Winthrop —susurré.

No me hizo caso alguno, sino que siguió escuchando con atención y su mano arrugó inconscientemente la hoja en la que había estado dibujando.

—Winthrop —repetí, tocándole el hombro.

—Silencio —se apresuró a responder, como si quisiera zafarse de mí—; déjeme escuchar.

Había algo casi virulento en su actitud, y esa intensa emoción provocada por una pieza que no conmovía a ninguno de los demás me resultó muy extraña.

Permaneció con la cabeza entre las manos hasta el final. La composición concluyó con un pasaje muy hermoso e intrincado, y con una especie de curioso descenso susurrante de una nota alta a otra más baja, breve y repetido en diversos intervalos, con un efecto cautivador.

—¡Bravo! ¡Muy bonito! —exclamamos todos—. Un verdadero tesoro; qué pintoresco y elegante, ¡y qué interpretación más admirable!

Yo miré a Winthrop. Se había dado la vuelta; tenía la cara sonrojada y se reclinó en el respaldo de la silla como si estuviera subyugado por la emoción.

La condesa regresó a la terraza.

—Me alegro de que les haya gustado —dijo—; es una pieza muy refinada. ¡Santo cielo, señor Winthrop! —se interrumpió súbitamente—. ¿Qué ocurre? ¿Se encuentra mal?

Porque parecía encontrarse mal, sin duda. Se puso

en pie con esfuerzo y contestó en tono ronco e inseguro:

—No es nada; de pronto me ha cogido frío. Me parece que voy a ir adentro, o no, mejor me quedo aquí. ¿Qué es… qué es ese aire que acaba de cantar?

—¿Ese aire? —preguntó ella en tono distraído. El repentino cambio en el comportamiento de Winthrop había apartado cualquier otro pensamiento de su mente—. ¿Ese aire? Ah, es de un compositor muy olvidado llamado Barbella, que vivió hacia 1780.

Era evidente que la condesa consideraba que la pregunta era un pretexto de Winthrop para disimular su súbita emoción.

—¿Me permitiría ver la partitura? —se apresuró a preguntar él.

—Por supuesto. ¿Quiere venir al salón? La he dejado sobre el piano.

Las velas del piano seguían prendidas y, mientras permanecían allí de pie, ella observó el rostro de él con tanta curiosidad como yo mismo. Pero Winthrop no prestaba atención a ninguno de los dos; le había arrebatado a la condesa la partitura con gesto ansioso y la estudiaba con una mirada fija y ausente. Luego levantó la cabeza con el rostro pálido y me tendió la partitura maquinalmente. Era un viejo manuscrito amarillento y borroso, escrito en una clave que ya no se usaba, y las primeras palabras, escritas con un estilo grandioso y florido, eran: *Sei Regina, io Pastor sono*. La condesa seguía convencida de que Winthrop trataba de ocultar su agitación fingiendo un gran interés por la canción, pero yo, que había sido testigo de su extraordinaria conmoción durante la interpretación, no dudaba de la conexión entre ambas.

—Dice que es una pieza muy rara —observó Winthrop—. ¿Cree... cree entonces que nadie, aparte de usted, la conoce en la actualidad?

—Por supuesto, no puedo asegurarlo —contestó la condesa—, pero hay algo que sí sé, y es que el catedrático G—, una de las autoridades musicales más eruditas que existen, y a quien le mostré la pieza, no había oído hablar ni de ella ni de su compositor, y afirma rotundamente que no forma parte de ningún archivo musical en Italia ni en París.

—Entonces —intervine yo—, ¿cómo sabe que data aproximadamente de 1780?

—Por el estilo. A petición mía, el catedrático G— la comparó con varias composiciones de la época, y el estilo coincide con precisión.

—Así pues, ¿cree usted...? —continuó Winthrop con lentitud pero con impaciencia—, ¿cree usted que hoy en día nadie más la canta?

—Diría que no; cuando menos, me parece muy improbable.

Winthrop se quedó callado y continuó mirando la partitura, aunque me dio la sensación de que lo hacía de manera inconsciente.

Mientras tanto, algunos de los demás invitados habían entrado en el salón.

—¿Ha notado el extraño comportamiento del señor Winthrop? —le susurró una dama a la condesa—. ¿Qué le ha pasado?

—No alcanzo a comprenderlo. Sé que es desmedidamente sensible, pero no entiendo cómo esa pieza ha podido causarle semejante impresión; aunque es bonita, carece de emotividad —contesté yo.

—¡Esa pieza! —repuso la condesa—. ¿No creerá que la pieza tiene algo que ver?

—Pues sí; creo que tiene todo que ver. En resumidas cuentas, en cuanto sonaron las primeras notas observé que lo afectaban profundamente.

—Entonces, ¿esas preguntas que ha hecho…?

—Son del todo genuinas.

—Es imposible que esa canción lo haya conmovido de esta manera; además, ¿cómo es posible que la haya escuchado antes? Es muy extraño. Sin duda le pasa algo.

Sin duda, algo le pasaba; Winthrop estaba extremadamente pálido y alterado, más aún al percatarse de que se había convertido en objeto de curiosidad generalizada. Era evidente que deseaba marcharse, pero tenía miedo a hacerlo con demasiada brusquedad. Seguía de pie detrás del piano, mirando maquinalmente la vieja partitura.

—¿Había escuchado esta pieza antes, señor Winthrop? —preguntó la condesa, incapaz de dominar su curiosidad.

Él levantó la mirada, visiblemente turbado, y tras un momento de vacilación, contestó:

—¿Cómo iba a escucharla, si es usted la única que la posee?

—¿La única que la posee? Ah, no, yo no he dicho eso. Aunque me parece poco probable, cabe la posibilidad de que exista otra partitura. Dígame, ¿es así? ¿Dónde ha escuchado esta pieza antes?

—Nunca he dicho que la hubiera escuchado antes —se apresuró a replicar él.

—Pero ¿la ha escuchado o no? —insistió la condesa.

—No, nunca —contestó él con decisión, aunque de inmediato se ruborizó, como si fuera consciente de que era un embuste—. No me haga más preguntas —añadió enseguida—, me pone nervioso.

Y al momento desapareció.

Todos nos miramos mudos de asombro. Aquel sorprendente comportamiento, aquella mezcla de secretismo y grosería; por encima de todo, la violenta agitación que evidentemente había embargado a Winthrop, así como su incomprensible entusiasmo con la pieza que la condesa había cantado: todo ello frustraba nuestros esfuerzos por averiguar la verdad.

—Hay algún misterio detrás de todo esto —dijimos, y con eso nos quedamos.

A la noche siguiente, mientras estábamos sentados

una vez más en el salón de la condesa, volvimos a hablar del insólito comportamiento de Winthrop, como no podía ser de otra manera.

—¿Creen que regresará pronto? —preguntó alguien.

—Creo que se inclinará por dejar que el asunto quede enterrado y esperará hasta que nos hayamos olvidado de su desvarío —contestó la condesa.

En ese momento, la puerta se abrió y entró Winthrop. Se le veía confuso y sin saber muy bien qué decir; no respondió a nuestros comentarios triviales pero de improviso soltó, como si le costara un gran esfuerzo:

—He venido a rogarles que me perdonen por mi comportamiento de anoche. Disculpen mi grosería y mi falta de franqueza, pero en ese momento no habría sido capaz de explicar nada. Deben saber que esa pieza me causó una gran impresión.

—¿Una gran impresión? Y ¿cómo es posible? —exclamamos todos.

—Sin duda no quiere decir que una pieza tan remilgada como esa fue capaz de emocionarlo, ¿verdad? —preguntó la hermana de la condesa.

—Si es así —añadió la condesa—, es el mayor milagro que ha obrado jamás la música.

—Es difícil de explicar —vaciló Winthrop—, pero en suma, esa pieza me conmovió porque, en cuanto oí los primeros compases, la reconocí.

—Pero ¡me dijo que nunca antes la había escuchado! —exclamó la condesa, indignada.

—Lo sé; no era verdad, pero tampoco era del todo mentira. Lo único que puedo decir es que conocía la pieza; fuera o no porque la hubiera escuchado antes, el caso es que la conocía... De hecho —se apresuró a añadir—, sé que me tomarán por loco pero, durante mucho tiempo, dudé de que la pieza existiese siquiera, y si ayer me conmovió tanto fue porque su interpretación demostró que sí existía. Miren esto —dijo al tiempo que se sacaba un cuaderno de bocetos del bolsillo, y estaba a punto de abrirlo cuando se detuvo—. ¿Tiene las notas de esa pieza? —preguntó en tono apremiante.

—Aquí están. —La condesa le entregó el viejo rollo de música.

Él no lo miró, sino que se puso a pasar las hojas de su cuaderno.

—Aquí está —dijo al cabo de un momento—. Miren esto —añadió, y empujó hacia nosotros el cuaderno abierto sobre la mesa.

En él, entre un montón de bocetos, había un pentagrama trazado a mano alzada, con varias notas garabateadas a lápiz y las palabras *Sei Regina, io Pastor sono*.

—Vaya, ¡ese es el comienzo del aire en cuestión! —exclamó la condesa—. ¿De dónde lo ha sacado?

Comparamos las notas del cuaderno con las de la partitura; eran las mismas, aunque en una clave y una tonalidad distintas. Winthrop estaba sentado frente a nosotros y nos miraba con obstinación. Al cabo de un momento, observó:

—Son las mismas notas, ¿verdad? Verán, estos garabatos a lápiz los hice en julio del año pasado, mientras que la tinta de esta partitura lleva seca noventa años. Y sin embargo, juro que cuando dibujé estas notas no sabía de la existencia de tal partitura, y hasta ayer ni siquiera creía que fuera real.

—En ese caso —comentó uno de los invitados—, solo hay dos explicaciones posibles: o bien compuso la melodía usted mismo, sin saber que otra persona lo había hecho ya noventa años atrás, o bien la escuchó sin saber lo que era.

—¡Explicaciones! —exclamó Winthrop con desdén—. Pero ¿no ven que precisamente es eso lo que necesita explicación? Por supuesto que o bien la compuse yo, o bien la escuché, pero ¿cuál de las dos es?

Nos quedamos todos escarmentados y en silencio.

—Es un rompecabezas muy desconcertante —señaló la condesa—, y creo que es inútil devanarnos los sesos, puesto que el señor Winthrop es la única persona que puede explicarlo. Nosotros ni lo entendemos ni podemos entenderlo; él sí puede y debe explicarlo. Desconozco —añadió— si existe un motivo para que no nos desvele el misterio, pero, si no es así, desearía que nos lo aclarara.

—No hay motivo alguno —contestó él—, salvo que

me tomarían por lunático. La historia es tan absurda… Nunca me creerían; y sin embargo…

—Entonces, ¡hay una historia detrás de esto! —exclamó la condesa—. ¿Cuál es? ¿No nos la puede contar?

Winthrop se encogió de hombros como si quisiera disculparse, y luego jugueteó con los abrecartas y dobló las esquinas de las páginas de los libros que había sobre la mesa.

—Bueno —dijo al cabo—, si de verdad desean saberlo…, tal vez debería contárselo; pero después no me digan que estoy loco. Nada puede cambiar el hecho de que la pieza existe de verdad; y del mismo modo en que ustedes la siguen considerando única, yo no puedo por más que considerar que mi aventura es real.

Nos daba miedo que escurriera el bulto con todas aquellas justificaciones y que, después de todo, no escucháramos historia alguna; así que lo instamos a que comenzara sin más preámbulos y él, con la cabeza a la sombra de la pantalla de la lámpara y garabateando como de costumbre en su cuaderno, comenzó su relato, al principio pausado y titubeante, con numerosas interrupciones, pero a medida que se fue sumergiendo en la historia empezó a hablar mucho más rápido, adoptó un tono dramático y se volvió sumamente minucioso con los detalles.

Deben saber (empezó Winthrop), que hace cosa de un año y medio pasé el otoño con unos primos míos recorriendo la Lombardía. Al tiempo que visitábamos todo tipo de extraños rincones y recovecos, entablamos amistad en M— con un caballero de edad avanzada, muy culto y distinguido —creo que era conde o marqués—, conocido con el sobrenombre de Maestro Fa Diesis (Maestro Fa Sostenido), que poseía una magnífica colección de artículos musicales, un auténtico museo. Era el dueño de un viejo y bonito palacio que se caía literalmente a pedazos, y cuya planta baja estaba ocupada por completo por sus colecciones. Sus manuscritos antiguos, sus preciosos misales, sus papiros, sus autógrafos, sus libros de caligrafía gótica, sus grabados y pinturas, sus innumerables clavecines con incrustaciones de marfil y sus laúdes de ébano con diapasón vivían en habitaciones amplias y elegantes, con techos de roble tallado y marcos de ventanas pintados, mientras que él ocupaba una miserable y pequeña buhardilla en la parte de atrás de la casa; a base de qué, no puedo asegurarlo, pero a juzgar por la apariencia espectral de su anciana criada y de un niño medio imbécil que lo servía, diría que no se alimentaban de nada más sustancial que cáscaras de alubia y agua tibia. Aunque esa dieta parecía provocarles sufrimiento, sospecho que su señor debía de haber extraído de sus manuscritos y viejos instrumentos un misterioso fluido vivificante, porque él parecía estar hecho de acero y era el anciano más exasperantemente activo que uno pueda imaginar, con una vitalidad y una locuacidad que te mantenían en un estado de perpetua irritación nerviosa. No le importaba nada en el mundo salvo sus colecciones; había talado un árbol tras otro, había vendido un campo tras otro y una granja tras otra; se había desprendido de sus muebles, sus tapices, su vajilla, los escritos de su familia, su propia ropa. Habría sido capaz de arrancar las tejas de su tejado y el vidrio de sus ventanas para comprar una partitura del siglo XVI, un misal iluminado o una viola Cremona. La música en sí misma, tengo la firme convicción de que no le importaba ni un ápice, y la consideraba útil solo en la medida en que había producido los objetos que le apasionaban, las cosas que podía pasar el resto de su vida limpiando, etiquetando, contando y catalogando, pues en su casa nunca se escuchó un acorde ni una nota, y él habría preferido morir antes que gastar un céntimo en ir a la ópera.

Mi prima, que en cierto modo es una apasionada de la música, enseguida se ganó el favor del anciano aceptando un centenar de encargos para conseguir catálogos y asistir a subastas, y en consecuencia nos permitieron entrar a diario en esa extraña y silenciosa casa llena de objetos musicales y examinar su contenido a nuestro antojo; siempre, no obstante, bajo la atenta mirada del viejo Fa Diesis. La casa, su contenido y su dueño formaban un conjunto grotesco que tenía cierto encanto para mí. A menudo, imaginaba que el silencio que reinaba no podía ser más que una apariencia; que en cuanto el maestro echara sus cerrojos y se fuera a la cama, toda esta música adormecida despertaría, que los músicos muertos de los cuadros escaparían de sus marcos, las vitrinas se abrirían, los grandes laúdes ventrudos con incrustaciones se convertirían en distinguidos burgueses flamencos con jubones brocados; que las fajas amarillentas y desvaídas de las violas Cremona se ensancharían hasta transformarse en rígidos miriñaques de raso de damas empolvadas; y a las pequeñas mandolinas acanaladas les crecería una pierna abigarrada y una cabeza con pelo tupido, y se pondrían a dar saltos como los enanos de una corte provenzal o pajes renacentistas, mientras que los músicos egipcios que tocaban el sistro y el ney abandonarían los jeroglíficos del papiro, y todos los músicos griegos de los palimpsestos de pergamino se convertirían en auletas y citaristas vestidos con clámides; entonces, los timbales y tantanes empezarían a tocar, los tubos del órgano se llenarían repentinamente de sonido, los viejos clavecines dorados resonarían con furia, el viejo maestro de capilla que hay por allí, con su peluca y su túnica de pieles, marcaría el compás desde su cuadro, y toda la pintoresca compañía se pondría a bailar; hasta que de repente el viejo Fa Diesis, despertado por el ruido y sospechando de la presencia de ladrones, entraría como loco con su bata, un quinqué de cocina de tres cabos en una mano y la espada ceremonial de su bisabuelo en la otra, momento en el cual todos los bailarines y músicos se sobresaltarían y volverían a sus marcos y vitrinas. Sin embargo, yo no habría ido tan a menudo al museo del anciano caballero si mi prima no me hubiera obligado a prometerle que le haría un esbozo en acuarela de un retrato de Palestrina que, por alguna razón, ella (el hecho de que mi prima fuera una dama explica mi docilidad) consideraba especialmente fidedigno. Era monstruoso, un pintarrajo que me daba escalofríos, y mi admiración por Palestrina me habría impulsado más bien a quemar aquel ente horrendo, de mirada nublada y sin hombros; pero los amantes de la música tienen sus caprichos y el de ella era colgar una copia de esa monstruosidad sobre su piano de cola. Así que accedí, cogí mi libreta de dibujo y mi caballete, y me dirigí al palacio de Fa Diesis. Dicho palacio era un edificio antiguo de lo más extraño, lleno de escaleras que subían y bajaban, curvas y recodos, y para acceder a la única habitación medianamente iluminada de la casa, adonde habían trasladado, para mi comodidad, el delicioso modelo para mi pincel, tuvimos que recorrer un estrecho y serpenteante pasillo en las entrañas del edificio. Por el camino, pasamos por delante de una escalera que terminaba en una puerta.

—Por cierto —exclamó el viejo Fa Diesis—, ¿le he

enseñado esto? No tiene gran valor, pero aun así, como pintor, puede que le interese.

Subió los escalones, empujó la puerta entreabierta y me hizo pasar a un pequeño y lúgubre trastero encalado, poblado de estanterías rotas, atriles desvencijados y sillas y mesas inestables, todo cubierto por una considerable capa de polvo. En las paredes había varios retratos manchados por el tiempo, con fajas y pelucas empolvadas: los antepasados senatoriales de Fa Diesis, que habían tenido que hacer sitio a las estanterías y los estuches de instrumentos que llenaban las estancias principales. El viejo caballero abrió una contraventana y la luz bañó otro viejo cuadro, de cuya superficie agrietada quitó lentamente el polvo con la manga roñosa de su abrigo forrado de pieles.

Yo me acerqué.

—El cuadro no es malo —dije de inmediato—; en absoluto.

—¡No me diga! —exclamó Fa Diesis—. En ese caso, tal vez pueda venderlo. ¿Qué opina? ¿Vale mucho?

Sonreí.

—Bueno, no es un Rafael —respondí—, aunque teniendo en cuenta la fecha y la forma en que la gente solía pintarrajear los lienzos en aquella época, es bastante encomiable.

—¡Ah! —Suspiró el anciano, muy decepcionado.

Era un retrato de medio cuerpo a tamaño natural de un hombre vestido a la moda de finales del siglo pasado: una chaqueta de seda lila pálido y un chaleco de satén verde pálido, ambos de un tono extremadamente delicado, así como una capa de un tono ámbar intenso y cálido. Llevaba el voluminoso pañuelo suelto y el amplio cuello de la camisa levantado, y tenía el cuerpo ligeramente girado y la cara mirando por encima de su hombro, al estilo del retrato de Cenci.

El cuadro era inusualmente bueno para ser un retrato italiano del siglo XVIII y en muchos aspectos me recordaba, aunque por supuesto con una técnica muy inferior, a Greuze, un pintor al que detesto pero que aun así me fascina. Las facciones eran irregulares y pequeñas, con labios de un rojo intenso y un rubor carmesí bajo la transparente piel bronceada; los ojos estaban ligeramente levantados y miraban hacia un lado, en armonía con la postura de la cabeza y los labios entreabiertos, y eran hermosos, marrones y aterciopelados, como los de algunos animales, con una vaga y melancólica profundidad en la mirada. El conjunto tenía la grisura clara, el toque neblinoso y aterciopelado de Greuze, y provocaba esa extraña impresión ambivalente de todos los retratos de su escuela. El rostro no era hermoso; tenía algo a un tiempo hosco y afeminado, algo extraño y no del todo agradable; sin embargo, llamaba y cautivaba la atención con su tez oscura y cálida, acentuada por los mechones de cabello claros, perlados y empolvados, y la ligereza y vaguedad general del trazo.

—A su manera, es un retrato muy bueno —dije—,

aunque no del tipo que la gente compra. Hay errores en el dibujo aquí y allá, aunque el color y el trazo son buenos. ¿Quién es el autor?

El viejo Fa Diesis, cuya visión de los fajos de billetes que iba a conseguir a cambio del cuadro se había truncado con brusquedad, parecía estar de mal humor.

—No sé quién es el autor —refunfuñó—. Si es malo, es malo, y se quedará aquí.

—Y ¿a quién representa?

—A un cantante. Como ve, tiene una partitura en la mano. Un tal Rinaldi, que vivió hace cien años.

Fa Diesis sentía cierto desprecio por los cantantes, a los que consideraba pobres criaturas sin utilidad ya que no dejaban tras de sí nada que pudiera coleccionarse, con excepción, claro está, de *madame* Banti, uno de cuyos pulmones tenía conservado en alcohol.

Salimos de la habitación y yo procedí a empezar la copia de aquel abominable retrato antiguo de Palestrina. Esa noche, en la cena, mencioné el retrato del cantante a mis primos y, por alguna razón, me sorprendí empleando ciertas expresiones sobre el cuadro que no habría usado esa misma mañana. Al tratar de describir la imagen, mi recuerdo parecía discrepar de la impresión original. Me vino a la cabeza como algo raro e impactante. Mi prima deseaba verlo, de modo que a la mañana siguiente me acompañó al palacio del viejo Fa Diesis. No sé de qué forma le afectó a ella, pero a mí me despertaba un extraño interés, que poco tenía que ver con la ejecución técnica. Había algo peculiar e inexplicable en la mirada de ese rostro, una mirada anhelante y como dolida que no era capaz de definir. Poco a poco me di cuenta de que el retrato, por decirlo de alguna manera, me había hechizado. Esos extraños labios rojos y esa mirada melancólica me venían una y otra vez a la cabeza. Instintivamente y sin saber muy bien por qué, volví a sacarlo en nuestra conversación.

—Me pregunto quién era —comenté mientras estábamos sentados en la plaza de detrás del ábside de la catedral, disfrutando de nuestros helados en la fría tarde de otoño.

—¿Quién? —quiso saber mi prima.

—¿Quién va a ser? El modelo del retrato que hay en casa del viejo Fa Diesis; tiene un rostro muy singular. Me pregunto quién era.

Mis primos no prestaban atención a mis palabras, ya que no compartían esa sensación vaga e inexplicable que a mí me había inspirado el cuadro, mientras caminábamos por las silenciosas calles porticadas, donde solo el letrero iluminado de una posada o el brasero para asar castañas de un puesto de frutas resplandecían en la penumbra, y cruzábamos la inmensa plaza desierta, rodeada de cúpulas y minaretes de estilo oriental, en la que el condotiero de bronce verdoso montaba su corcel de bronce verdoso; durante nuestro paseo nocturno por la pintoresca ciudad lombarda, mis pensamientos volvían una y otra vez al cuadro, con sus colores brumosos y aterciopelados, y su expresión curiosa e insondable.

Al día siguiente, el último de nuestra estancia en M—, fui al palacio de Fa Diesis para finalizar mi dibujo, despedirme y dar las gracias al anciano caballero por su amabilidad, así como para ofrecerme a realizar algún encargo para él, si así lo deseaba. Al dirigirme al cuarto donde había dejado mi caballete y mis útiles de pintar, recorrí el oscuro y sinuoso pasillo y pasé por delante de la puerta que se hallaba en lo alto de los tres escalones. Estaba entornada, y entré en el cuarto donde estaba el retrato, me acerqué y lo examiné detenidamente. El hombre parecía estar cantando, o más bien a punto de cantar, pues tenía los rojos y bien formados labios entreabiertos; y en su mano, una mano hermosa, carnosa, pálida y con venas azules que contrastaba extrañamente con su rostro moreno de facciones irregulares, sostenía una partitura. Aunque las notas eran meros borrones ininteligibles, logré distinguir, escrito en la partitura, el nombre: «Ferdinando Rinaldi, 1782», y encima las palabras: *Sei Regina, io Pastor sono*. El rostro poseía una belleza singular e irregular, y en los profundos ojos aterciopelados había algo parecido a una fuerza magnética, que yo podía sentir y que otros debían de haber sentido antes que yo. Acabé mi dibujo, recogí el caballete y la caja de pinturas, me despedí con un gruñido del horrible Palestrina sin hombros de mirada empañada, y me dispuse a partir. Fa Diesis, que, ataviado con su abrigo de pieles cubierto de rapé y la borla de su raído casquete azul oscilando sobre su formidable nariz, estaba sentado a un escritorio, también se levantó y me acompañó cortésmente por el pasillo.

—Por cierto —dije—, ¿conoce un aire llamado *Sei Regina, io Pastor sono*?

—¿*Sei Regina, io Pastor sono*? No, no existe tal aire.

Todas las melodías que no estuvieran en su biblioteca no tenían derecho a existir, aunque existieran.

—Tiene que existir —insistí—. Las palabras están escritas en la partitura que sostiene el cantante de ese cuadro suyo.

—Eso no prueba nada —exclamó de malos modos—. Podría ser tan solo un título inventado o… o un aria de baúl de pacotilla.

—¿Qué es un aria de baúl? —pregunté, intrigado.

—Las arias de baúl —explicó— eran composiciones de mala calidad, apenas un puñado de notas de relumbrón y muchos silencios, a partir de las cuales los grandes cantantes del pasado creaban sus propias variaciones. Las intercalaban en todas las óperas que cantaban y las arrastraban en sus baúles por todo el mundo, de ahí el nombre. No tenían mérito alguno por sí mismas y nadie se molestaba en cantarlas aparte del cantante a quien pertenecían; ¡nadie conservaba semejante basura! Las hojas servían para envolver salchichas o hacer papillotes. —Y el viejo

Fa Diesis dejó escapar una breve carcajada siniestra. Luego cambió de tema—: Si se presentara la ocasión de conseguir un catálogo de curiosidades musicales para mí o uno de mis ilustres familiares, o de asistir a una subasta…

Seguía interesado en encontrar el primer ejemplar impreso del *Micrologus* de Guido d'Arezzo; poseía ya copias del resto de las ediciones, una colección única. También le faltaba un ejemplar para completar su conjunto de violines Amati, uno con la flor de lis sobre la tapa delantera confeccionado para Carlos IX de Francia… ¡Ay! Llevaba años buscando aquel instrumento. Pagaría…, sí, sí, ahí donde lo veía, plantado frente mí, pagaría quinientos marengos* de oro por aquel violín con la flor de lis.

—Disculpe —lo interrumpí sin mucho tacto—, ¿podría volver a ver el cuadro?

Habíamos llegado a la altura de la puerta con los tres escalones.

—Desde luego —contestó, y siguió hablando del violín Amati con la flor de lis, cada vez más animado y excitado.

¡Aquel extraño rostro con su insólita y anhelante expresión! Me quedé inmóvil frente a él mientras el ancia-

---

* Moneda lombarda acuñada por Napoleón tras la batalla de Marengo, y que las personas mayores todavía usan a veces para calcular. (*N. de la A.*)

no farfullaba y gesticulaba como un energúmeno. ¡Una mirada tan profunda e incomprensible!

—¿Era un cantante famoso? —pregunté, por decir algo.

—¿Él? *Eh altro!* ¡Eso creo! ¿Acaso cree que los cantantes de esa época eran como los de ahora? ¡Bah! Solo tiene que fijarse en todo lo que hicieron en aquel entonces. Sus partituras estaban escritas en retales de lino que no había forma de rasgar; y ¡cómo fabricaban los violines! ¡Ah, qué tiempos aquellos!

—¿Sabe algo sobre este hombre? —quise saber.

—¿Sobre este cantante, Rinaldi? Por supuesto; era un intérprete excepcional pero acabó muy mal.

—¿Muy mal? ¿En qué sentido?

—Bueno…, ya sabe cómo es esa clase de gente, ¡y la juventud! Todos hemos sido jóvenes, ¡todos! —Y el anciano Fa Diesis encogió sus marchitos hombros.

—¿Qué le pasó? —insistí sin apartar la mirada del retrato.

Aquellos ojos delicados y aterciopelados parecían tener vida propia, y los labios rojos parecían entreabiertos para lanzar un suspiro; un largo suspiro de agotamiento.

—Bueno —respondió Fa Diesis—, el tal Ferdinando Rinaldi era un cantante excepcional. Alrededor de 1780, entró al servicio de la corte de Parma. Se dice que, allí, una dama muy respetada por la corte le prestó demasiada atención y, en consecuencia, lo despidieron.

En lugar de marcharse lejos, se quedó por los alrededores de Parma, a veces en un sitio, a veces en otro, pues tenía muchos amigos entre la nobleza. Si sospecharon que intentaba regresar a Parma o si no fue lo bastante prudente con sus palabras, no lo sé. *Basta!* Una hermosa mañana lo encontraron tendido en el descansillo de la escalera de la casa de nuestro senador Negri, ¡apuñalado! —El anciano Fa Diesis sacó su estuche de rapé de asta—. Quién fue el responsable, nadie lo supo jamás ni se preocupó por saberlo. Lo único que se echó en falta fue un fajo de cartas, que su mayordomo aseguró que siempre llevaba encima. La dama abandonó Parma e ingresó en el convento de las clarisas que hay aquí; era la tía de mi padre, y este retrato lo encargó ella. Una historia corriente, muy habitual en esa época. —Y el anciano procedió a aspirar una buena cantidad de rapé por su larga nariz—. ¿De verdad cree que no podría vender el cuadro? —preguntó.

—¡No! —contesté con decisión, tras experimentar una especie de escalofrío.

Me despedí y esa noche nos marchamos a Roma.

* * *

Winthrop se interrumpió y pidió una taza de té. Estaba sonrojado y se le veía alterado pero, al mismo tiempo, ansioso por acabar su historia. Cuando se hubo bebido el té, se echó hacia atrás con ambas manos en su pelo despeinado, dejó escapar un suspiro mientras hacía memoria y prosiguió de la siguiente manera:

III

Regresé a M— al año siguiente, de camino a Venecia, y me quedé un par de días en la vieja ciudad, donde tenía que negociar la compra de una talla renacentista para un amigo. El verano estaba en todo su esplendor; los campos que cuando me había marchado estaban llenos de coles y cubiertos por una capa de escarcha blanca, ahora brillaban con el tono leonado del maíz listo para recolectar, y las guirnaldas de las parras se inclinaban para besar el alto y denso cáñamo verde; las calles oscuras apestaban debido al calor, la gente descansaba tumbada bajo los pórticos y los toldos; era finales de junio en la Lombardía, el vergel de Dios en la Tierra. Me dirigí al palacio del viejo Fa Diesis para preguntarle si tenía algún encargo que enviar a Venecia; aunque cabía la posibilidad de que él se hubiera marchado al campo, el cuadro, el retrato, seguía en su palacio, y eso me bastaba. Durante el invierno había pensado en él a menudo y me preguntaba si ahora, con el sol que se derramaba a través de todas las grietas, me impresionaría aún tanto como lo había hecho en el sombrío otoño. Fa Diesis se encontraba en su casa y se alegró enormemente de verme; brincaba e iba de un lado a otro, vivaracho, como una figura de la Danza de la Muerte, profundamente excitado por un manuscrito que había visto hacía poco. Me contó, o más bien representó, pues lo narraba en presente y acompañado de los oportunos gestos, un viaje que había hecho recientemente a Guastalla para ver un salterio conservado en un monasterio; cómo había negociado para conseguir una silla de posta; cómo el carruaje había volcado a medio camino; cómo había increpado al cochero; cómo había llamado —tilín, tilín— a la puerta del monasterio; cómo había fingido con astucia estar buscando un viejo crucifijo sin valor alguno; cómo los monjes habían tenido la desfachatez de pedir ciento cincuenta francos por él. Cómo había titubeado y se había hecho el despistado y, al fingir reparar de repente en el salterio, había preguntado qué era, etcétera, como si no lo supiera; y cómo, finalmente, había negociado la compra tanto del crucifijo como del salterio por ciento cincuenta francos; ¡un salterio del año 1310 por ciento cincuenta francos! ¡Y los bobos de los monjes estaban alborozados! ¡Creían que me habían timado; a mí! Y el anciano se recreó en su éxtasis de orgullo triunfal. Habíamos llegado a la puerta que tan bien conocía; estaba abierta; podría ver el retrato. El sol derramaba su brillante luz sobre el rostro moreno y el cabello ligeramente empolvado. No sé por qué motivo, experimenté una sensación momentánea de mareo y náuseas, como la que provoca un placer inesperado y deseado durante mucho tiempo; duró tan solo un instante y me avergoncé de mí mismo.

Fa Diesis estaba de un humor excelente.

—¿Ve ese cuadro? —dijo, olvidándose de que ya me había hablado de él—. Es un tal Ferdinando Rinaldi, un cantante asesinado por cortejar a mi tía abuela.

Y a continuación se puso a pasear con gran júbilo, pensando en el salterio de Guastalla y dándose aire con actitud satisfecha con un gran abanico verde.

De repente, me asaltó un pensamiento.

—Sucedió aquí, en M—, ¿verdad?

—Puede estar seguro.

Y Fa Diesis continuó desplazándose de un lado a otro ataviado con su vieja bata roja y azul, estampada con loros y ramas de cerezo.

—¿Ha conocido a alguien que lo viera… o lo escuchara cantar?

—¿Yo? Jamás. ¿Cómo iba a poder? Lo mataron noventa y cuatro años atrás.

¡Noventa y cuatro años! Miré de nuevo el retrato; ¡noventa y cuatro años atrás! Y aun así… los ojos parecían tener, para mí, una mirada extraña, fija, absorta.

—¿Y dónde…? —titubeé a mi pesar—, ¿dónde sucedió?

—Hoy en día, poca gente lo sabe; seguramente nadie excepto yo —contestó con satisfacción—. Pero mi padre me señaló la casa cuando yo era pequeño; había pertenecido al marqués de Negri pero, por alguna razón, después de aquella aventura amorosa nadie quiso vivir allí y quedó abandonada. Ya de niño, estaba vacía y se caía a pedazos. Eso sí, ¡era una casa muy bonita! ¡Muy bonita! Y que debía de tener su valor. La volví a ver hace unos años, ahora, ya pocas veces me aventuro más allá de las puertas de la ciudad, pasada la Porta San Vitale; a un kilómetro y medio.

—¿Pasada la Porta San Vitale? ¿La casa a la que acudía Rinaldi estaba…, sigue estando allí?

Fa Diesis me miró con un profundo desdén.

—*Bagatella!* —exclamó—. ¿Qué cree, que una villa puede evaporarse sin más?

—¿Está seguro?

—*Per Bacco!* Tan seguro como que lo estoy viendo ahora; pasada la Porta San Vitale, un viejo edificio desvencijado con obeliscos y vasijas, y cosas por el estilo.

Habíamos llegado a lo alto de la escalera principal.

—Adiós —me despedí—. Regresaré mañana para recoger sus paquetes para Venecia. —Y corrí escaleras abajo.

«¡Pasada la Porta San Vitale! —me dije a mí mismo—. ¡Pasada la Porta San Vitale!».

Eran las seis de la tarde y el calor todavía era intenso; paré un estrafalario coche de caballos, un carruaje azul celeste de los años veinte con el techo agrietado y paneles esmaltados en colores brillantes.

—*Dove commanda?* (¿Adónde quiere ir?) —me preguntó el adormilado cochero.

—¡A la Porta San Vitale! —exclamé.

Él espoleó a su escuálido caballo blanco de larga crin y salimos dando tumbos sobre el pavimento irregular. Pasamos frente a la roja catedral y el baptisterio lombardos, recorrimos la larga y oscura Via San Vitale, con sus magníficos palacios antiguos, pasamos bajo la puerta roja con la vieja inscripción «Libertas» todavía visible y atravesamos una carretera polvorienta bordeada de acacias hacia la fértil llanura lombarda. Avanzamos traqueteando a través de los campos de trigo, cáñamo y brillantes y oscuras mazorcas, que maduraban bajo el cálido sol vespertino. En la distancia, los muros morados, los campanarios y las cúpulas centelleaban bajo la luz; más allá, el inmenso cielo azul y la llanura dorada y borrosa, que se extendía hasta los lejanos Alpes. El aire era cálido y sereno, y reinaba una atmósfera silenciosa y solemne. Pero yo estaba emocionado. Estudié todas y cada una de las grandes casas solariegas; me dirigí allí donde hubiera un mirador elevado que asomara entre los olmos y los álamos; crucé y volví a cruzar la llanura, por un camino tras otro, hasta donde la carretera se desviaba hacia Crevalcore; pasé por delante de una villa tras otra, pero no encontré ninguna con vasijas y obeliscos, ni que estuviera decrépita y ruinosa, ni que pudiera haber sido la villa en cuestión. Aunque ¿de qué me extrañaba? Fa Diesis la había visto, pero Fa Diesis tenía setenta años y aquello... ¡aquello había ocurrido hacía noventa y cuatro años! Sin embargo, podía haberme equivocado; podía haber ido demasiado lejos o no lo suficiente; los caminos y las carreteras se mezclaban unos con otros. A lo mejor la casa estaba oculta por árboles, o a lo mejor se encontraba más cerca de la siguiente puerta. Así que volví a recorrer los caminos bordeados de ciclámenes sobre los que se inclinaban las retorcidas ramas de moreras y robles, y escruté una casa tras otra: todas eran viejas, muchas estaban en ruinas, algunas parecían vetustas iglesias con pórticos cegados, otras se habían construido pegadas a antiguos torreones; pero de lo que me había descrito el viejo Fa Diesis, no vi nada en absoluto. Le pregunté al cochero, y el cochero le preguntó a las viejas y los niños de pelo rubio que abarrotaban las pequeñas granjas. ¿Conocía alguno de ellos un enorme caserón vacío con obeliscos y vasijas? ¿Una casa que había pertenecido al marqués de Negri? Por allí cerca, no; estaba la villa Montecasignoli, con la torre y el reloj de sol, que estaba bastante deteriorada; y el ruinoso Casino Fava allí en los campos de coles, pero ninguno de los dos tenía obeliscos ni vasijas, y tampoco habían pertenecido nunca al marqués de Negri.

Al final me di por vencido, desesperado. ¡Noventa y cuatro años atrás! La casa ya no existía; así que regresé a mi posada, donde los tres alegres peregrinos medievales colgaban sobre la lámpara de la puerta, cené y traté de olvidar todo el asunto.

Al día siguiente, fui a ver al dueño de la pieza que

me habían encargado comprar y cerré el trato, y luego deambulé sin rumbo por la vieja ciudad. Al día siguiente se iba a celebrar una gran feria y se estaban llevando a cabo los preparativos; se descargaban canastas y cestos, y se montaban puestos hasta en el último rincón de la gran plaza; se colgaban festones de artículos de hojalata y guirnaldas de cebollas a través de los arcos góticos del ayuntamiento, sujetos a sus inmensos soportes de bronce para las antorchas; había ya un curandero que disertaba desde lo alto de su carromato, con una calavera y numerosas botellas delante, mientras un menudo paje adornado con lentejuelas repartía su programa; en una esquina había instalado un espectáculo de marionetas, rodeado de un círculo de sillas vacías, justo debajo del púlpito de piedra donde, en la Edad Media, los monjes habían exhortado a los Montesco y los Capuleto de M— a hacer las paces y abrazarse. Deambulé entre las vajillas y las cristalerías, abriéndome camino entre las cajas de embalaje y la paja, y entre los vociferantes campesinos y lugareños. Eché un vistazo a los higos, las cerezas y los pimientos rojos en las cestas; a los viejos herrajes, las llaves oxidadas, los clavos, las cadenas y las piezas de ornamento de los puestos; a los enormes paraguas azules y verdes satinados, a los viejos grabados e imágenes de santos apoyados en el antepecho de la iglesia, a la multitud entera, que se movía de un lado a otro discutiendo y gesticulando. Compré un viejo colgante de plata de una calavera en el puesto de un relojero ambulante, guisantes de olor frescos y rosas a una campesina que vendía aves de corral y pavos; luego me adentré en el laberinto de pintorescas callejuelas adoquinadas, protegidas del paso de carros y carruajes mediante cadenas, y que habían tomado sus nombres, indicados en pequeñas placas de piedra, de antiguos mesones medievales: «Scimmia» (mono), «Alemagna», «Venetia» y, el más peculiar de todos, «Broca in dosso» (jarra en la espalda). Detrás del majestuoso edificio rojo y manchado por el tiempo del ayuntamiento, que se parecía a un castillo, había varias hojalaterías, bajo cuyos arcos colgaban calderos, jarras, cazos y enormes moldes de pudin con el águila imperial austríaca, con suficiente capacidad y antigüedad como para haber contenido los pudines de generaciones enteras de césares germánicos. A continuación husmeé en algunas de esas maravillosas tiendas de curiosidades que hay en M—, pequeñas madrigueras oscuras con aparadores de roble llenos de montones y montones de vestidos de brocado y chalecos bordados, además de metros de encaje y suntuosas casullas, los vestigios de siglos de esplendor. Bajé por la calle principal y vi a un gentío arremolinado alrededor de un hombre con un enorme búho crestado blanco; la criatura era tan magnífica, que decidí comprarla para llevármela a mi estudio en Venecia, pero al acercarme se puso a chillar y aletear para alejarse de mí, así que me vi obligado a efectuar una retirada bochornosa. Al final regresé a la plaza y me senté bajo un toldo, donde dos golfillos con las piernas descubiertas me sirvieron un excelente granizado de limón, al precio de un sou el vaso. En resumen, disfruté extraordinariamente mi último día en M—; y en su luminosa y soleada plaza, con todo el bullicio que me rodeaba, me pregunté si la persona que la tarde anterior había recorrido los campos, en busca de una absurda villa en la que noventa y cuatro años atrás habían asesinado a un hombre, podía de verdad haber sido yo.

Así transcurrió mi mañana; y la tarde la pasé en la posada, empaquetando la delicada talla con mis propias manos, a pesar de que el sudor me corría por la cara y jadeaba sin aliento. Cuando por fin llegaron la noche y el frescor, me puse el sombrero y me dirigí de nuevo al palacio de Fa Diesis.

Encontré al anciano ataviado con su bata multicolor, sentado en su habitación fresca y polvorienta, entre sus laúdes con incrustaciones y sus violas Cremona, reparando con meticulosidad las páginas rasgadas de un misal iluminado, mientras su vieja ama de llaves, que tenía aspecto de bruja, recortaba y pegaba etiquetas a un montón de partituras manuscritas que descansaban sobre la mesa. Fa Diesis se levantó, se puso a dar brincos, entusiasmado, soltó unas palabras grandilocuentes y dijo que, ya que insistía en serle de utilidad, había preparado media docena de cartas que tal vez yo podía ser tan amable de hacer llegar a sus destinatarios en Venecia, para ahorrarse así los sellos de dos peniques por cada una. El adusto y delgado anciano, con su asombrosa bata y su casquete, su ama de llaves de rostro enjuto, su viejo y malhumorado gato gris, y sus espléndidos clavecines, laúdes y misales, me resultó más divertido de lo habitual. Me senté un rato con él mientras recomponía su misal. Empecé a pasar maquinalmente las páginas amarillentas de un libro de partituras que descansaba bajo mi mano, a la espera de que lo etiquetaran, y mi mirada se posó de modo automático en las palabras escritas con tinta amarilla y desvaída en el encabezado de una de las composiciones, la inscripción del intérprete:

Rondo di Cajo Gracco, «Mille pene mio tesoro», per il Signor Ferdinando Rinaldi. Parma, 1782.

Di un verdadero respingo, pues por alguna razón me había olvidado por completo del asunto.

—¿Qué tiene ahí? —preguntó Fa Diesis, tal vez con cierto recelo, y se inclinó sobre la mesa para hacerse con las hojas—. Ah, no es más que esa antigua ópera de Cimarosa... Ah, a propósito, *per Bacco*, ¿cómo pude cometer semejante error ayer? ¿Verdad que le dije que habían apuñalado a Rinaldi en una villa pasada la Porta San Vitale?

—Sí —exclamé con impaciencia—. ¿Por qué?

—Bueno, no sé lo que me pasó; debía de estar pensando en ese bendito salterio de San Vitale, en Guastalla. La villa en la que mataron a Rinaldi se encuentra pasada la Porta San Zaccaria, en dirección al río, cerca del viejo monasterio donde hay esos frescos de… He olvidado el nombre del pintor. Esos que todo el mundo va a ver. ¿Sabe dónde le digo?

—Ah —exclamé—. Lo entiendo.

Y tanto que lo entendía, porque la Porta San Zaccaria se halla justo en el extremo opuesto de la ciudad desde la Porta San Vitale, y eso explicaba mi infructuosa búsqueda de la tarde anterior. Así pues, era posible que la casa siguiera en pie, pese a todo; y el deseo de verla se apoderó de nuevo de mí. Me levanté, cogí las cartas, que mucho sospechaba que contenían otras cartas para ahorrarse los sellos mediante el mismo método de entrega por parte del destinatario, y me preparé para marcharme.

—Adiós, adiós —se despidió con efusión el viejo Fa Diesis, mientras avanzábamos por el oscuro pasillo que llevaba a la escalera principal—. Continúe, mi querido amigo, recorriendo esos caminos de sabiduría y cultura que con tanta mezquindad ha abandonado la juventud actual, y de ese modo, la dulce promesa de su feliz y argéntea juventud culminará en una exitosa madurez… Ah, por cierto —se interrumpió—, he olvidado darle un pequeño panfleto sobre la manufactura de cuerdas de violín que me gustaría enviar como deferencia a mi viejo amigo, el comandante de la guarnición de Venecia.

Y se alejó apresuradamente. Yo me quedé esperando cerca de la puerta en lo alto de los tres escalones y no pude resistir la tentación de contemplar el cuadro una última vez. Abrí la puerta y entré en la estancia; un alargado rayo de sol poniente, que se reflejaba en la torre roja de una iglesia cercana, iluminaba el rostro del retrato, jugueteaba con el pelo claro y empolvado, y con los suaves y hermosos labios, y culminaba en una trémula mancha escarlata sobre el suelo de madera. Me acerqué al cuadro; en la partitura que sostenía en la mano constaban el nombre y la fecha: «Ferdinando Rinaldi, 1782», pero las notas eran meros remedos, borrones y manchas sin significado alguno, aunque el título de la composición se leía con nitidez: *Sei Regina, io Pastor sono*.

—Pero ¿dónde se ha metido? —exclamó la voz estridente de Fa Diesis en el pasillo—. Ah, aquí está.

Y me tendió el panfleto, dirigido pomposamente al ilustre general S—, en Venecia. Me lo guardé en el bolsillo.

—No se olvidará de entregárselo, ¿verdad? —preguntó, y luego retomó su anterior perorata—: Que la promesa de su feliz y argéntea juventud culmine en una madurez dorada, para que el mundo pueda grabar su nombre *albo lapillo*. Ah —prosiguió—, tal vez no volvamos a vernos nunca. Soy viejo, querido amigo, ¡muy viejo! —Y chasqueó los labios—. Tal vez cuando vuelva a M—, yo esté ya descansando con mis antepasados inmortales, quienes, como bien sabe, se unieron por matrimonio con la familia ducal de Sforza, ¡en el año 1490 de Nuestro Señor!

¡La última vez! ¡Aquella podía ser la última vez que viera el cuadro! ¿Qué sería de él tras la muerte del anciano Fa Diesis? Antes de abandonar la estancia, me volví de nuevo hacia él; el último destello de luz brillaba sobre el rostro oscuro y anhelante y, bajo el trémulo rayo de sol, me dio la sensación de que la cabeza se giraba y me miraba a mí. Nunca más volví a ver el retrato.

Caminé con rapidez por las calles cada vez más oscuras, me abrí paso entre la multitud de paseantes y hedonistas, y continué hacia la Porta San Zaccaria. Se había hecho tarde, pero, si me daba prisa, quizá me quedara todavía una hora de luz crepuscular. A la mañana siguiente tenía que marcharme de M—; aquella era mi última oportunidad y no podía desperdiciarla, así que seguí adelante, haciendo caso omiso de las asfixiantes ráfagas de aire cálido y húmedo, y de las nubes que encapotaban velozmente el cielo.

Era la Noche de San Juan, y en las pequeñas colinas que rodeaban la ciudad empezaron a aparecer hogueras; los globos alimentados por fuego se elevaron por el aire y la gran campana de la catedral redobló en honor de la inminente festividad. Me abrí camino entre las calles polvorientas y salí por la Porta San Zaccaria. Recorrí apresuradamente las avenidas de álamos que bordeaban la muralla y luego atajé a través de los campos por un camino que llevaba al río. A mi espalda quedaban las murallas de la ciudad, almenadas e irregulares; frente a mí, el prominente campanario y los cipreses del monasterio de los cartujos; en lo alto, el cielo sin estrellas y sin luna, cubierto de densas nubes. El ambiente era suave y relajante; de vez en cuando soplaba una ráfaga de viento cálido y húmedo que barría los álamos plateados y las hileras de viñas; cayeron varias gotas pesadas, que me advertían de la inminente tormenta, y la luz iba menguando por segundos. Pero yo estaba decidido; ¿acaso no era esta mi última oportunidad? Así que continué a trompicones por el pedregoso sendero, a través de los campos de trigo y de dulce y aromático cáñamo, mientras las luciérnagas bailaban ante mí dibujando fantásticas espirales. Una forma oscura cruzó zigzagueando el camino; la paré con mi bastón: era una larga y escurridiza serpiente que se escabulló con celeridad. Las ranas invocaban la lluvia croando ruidosamente, el rechinar de los grillos generaba un estruendo siniestro, las luciérnagas se cruzaban una y otra vez por delante de mí; y sin embargo, seguí adelante, cada vez más rápido en medio de la creciente oscuridad. Un vasto despliegue de relámpagos rosas y un trueno distante: cayeron más gotas; las ranas croaron más fuerte; los grillos rechinaron cada vez más rápido, el aire se volvió más denso y el cielo adoptó una tonalidad amarilla y refulgente allí donde el sol se había puesto; y aun así, yo continué hacia el río. De pronto cayó un tremendo aguacero, como si se hubieran abierto los cielos, y trajo con él la oscuridad, tan total como súbita; la tormenta había transformado el crepúsculo en noche cerrada. ¿Qué debía hacer? ¿Volver? ¿Cómo? Vi una luz que brillaba detrás de una masa oscura de árboles; continuaría adelante; allí tenía que haber una casa donde poder refugiarme hasta que amainara la tormenta; estaba demasiado lejos para regresar a la ciudad. Así que seguí avanzando bajo la lluvia torrencial. El camino se torcía en una pronunciada curva, y me encontré en un espacio abierto en medio de los campos, delante de una verja de hierro detrás de la cual, rodeado de árboles, se alzaba una edificio grande y oscuro; un hueco entre las nubes me permitió distinguir una villa sombría y gris, con obeliscos rotos en su frontón triangular. El corazón me dio un enorme vuelco; me detuve mientras la lluvia continuaba cayendo a cántaros. Un perro empezó a ladrar con furia desde una pequeña casa de campesinos al otro lado de la carretera, de la que salía la luz que yo había visto antes. La puerta se abrió y apareció un hombre con un candil en la mano.

—¿Quién anda ahí? —gritó.

Me dirigí hacia el hombre, que sostuvo el candil en alto y me estudió.

—Ah —dijo de inmediato—, un desconocido; un extranjero. Pase, por favor, *illustrissimo*.

Dedujo qué era por mi ropa y mi cuaderno de dibujo; me tomó por un artista, uno de los muchos que visitaban la cercana abadía cartuja, perdido en el laberinto de senderos.

Me sacudí la lluvia y entré en una estancia de techo bajo, con paredes encaladas alumbradas por la luz amarillenta del fuego de la chimenea de la cocina. Sobre el luminoso fondo destacaban las figuras oscuras de un pintoresco grupo de campesinos: una anciana hacía girar su vieja rueca mientras una joven desenredaba una madeja en una especie de estrella giratoria; otro abría vainas de guisantes; un viejo bien afeitado fumaba sentado en una silla con los codos apoyados en la mesa, y frente a él había un sacerdote regordete con sombrero de tres picos, calzones cortos y abrigo corto. Todos se pusieron en pie y se quedaron mirándome, y a continuación me saludaron con la cortesía propia de los de su clase; el sacerdote me ofreció su silla, la chica cogió mi abrigo y mi sombrero empapados y los colgó cerca del fuego; el joven trajo una enorme toalla de cáñamo y procedió a secarme, con gran hilaridad de los presentes. Estaban leyendo las habituales historias de Carlomagno en sus manoseados ejemplares de *Reali di Francia*, la enciclopedia de los campesinos italianos; pero tras mi llegada cerraron sus libros y se pusieron a hablar, haciéndome preguntas sobre cualquier tema posible e imposible. ¿Era cierto que en Inglaterra siempre llovía? (en ese caso, comentó el viejo con sagacidad, ¿cómo podían cultivar uvas los ingleses?; y si no elaboraban vino, ¿de qué iban a vivir?). ¿Era cierto que en algún lugar de Inglaterra uno podía encontrar montones de oro? ¿Había alguna ciudad tan grande como M— en aquel país? Etcétera, etcétera. Al sacerdote, aquellas preguntas le parecían absurdas y preguntó con gran seriedad por la salud de milord Vellingtone, quien, según tenía entendido, había estado gravemente enfermo en los últimos tiempos. Yo apenas los escuchaba; estaba distraído y ensimismado. Les dejé a las mujeres mi cuaderno de dibujo para que lo ojearan; les encantó su contenido; confundieron todos los caballos con bueyes y todos los hombres con mujeres, y soltaron grititos y risitas con gran regocijo. El sacerdote, que se enorgullecía de poseer una educación superior, me animó de la forma más desabrida; me preguntó si había visitado la pinacoteca y si había estado en la vecina Bolonia (se sentía muy orgulloso de haber estado allí el último día de San Petronio); me informó de que dicha ciudad era la cuna de todo arte y que los Caracci en concreto eran sus hijos más ilustres, etcétera, etcétera. Mientras tanto, el aguacero seguía cayendo sin pausa.

—Creo que esta noche no podré volver a casa —dijo el sacerdote, contemplando la oscuridad a través de la ventana—. Mi asno es el más maravilloso del mundo; casi como un ser humano. Cuando lo llamas: *Leone*, *Leone*, levanta los cascos delanteros y se sostiene sobre sus patas traseras como un acróbata; vaya si lo hace, doy mi palabra; pero creo que con esta oscuridad ni siquiera él sería capaz de encontrar el camino, y las ruedas de mi calesa se atascarían sin duda en algún surco y ¿qué haría entonces? Tengo que quedarme a pasar la noche aquí, no hay más remedio; aunque lo lamento por el *signore*, aquí presente, a quien estas dependencias le parecerán muy pobres.

—En absoluto —dije—; me encantaría quedarme aquí, siempre que no sea una molestia para nadie.

—¡Una molestia! ¡Qué ideas tiene! —exclamaron todos.

—Decidido, pues —dijo el cura, especialmente orgulloso de su pequeño vehículo, a la cómica moda de los clérigos de la Lombardía—. Mañana por la mañana yo llevaré al *signore* a la ciudad, y ustedes pueden llevar su carro con las verduras para la feria.

Yo apenas prestaba atención a sus palabras; estaba convencido de haber encontrado por fin el objeto de mi búsqueda; allí, al otro lado de la carretera, estaba la villa, pero parecía hallarme más lejos de ella que nunca, sentado en aquella cocina luminosa y encalada, entre aquella gente de campo. El joven me pidió con timidez, como un favor especial, que hiciera un dibujo de la chica, que resultó ser su prometida; era una joven muy bonita, con rasgos risueños e irregulares, y densos rizos rubios. Saqué mi lápiz y empecé a dibujar, aunque me temo que no tan minuciosamente como merecían aquellas buenas personas; sin embargo, ellos estaban encantados y se colocaron en círculo a mi alrededor, intercambiando comentarios en susurros mientras la chica, nerviosa, reía como una niña, sentada en el gran banco de madera.

—¡Qué nochecita! —exclamó el viejo—. ¡Qué nochecita más mala, y además es la Noche de San Juan!

—¿Y eso qué tiene que ver? —pregunté.

—Bueno —contestó él—, dicen que la noche de San Juan se permite a los muertos vagar por la Tierra.

—¡Memeces! —exclamó el sacerdote, indignado—. ¿Quién le ha dicho eso? ¿Acaso se habla de los fantasmas en el misal, o en las pastorales del arzobispo, o en la doctrina de los Santos Padres de la Iglesia? —preguntó, alzando la voz con una dignidad inquisitorial.

—Usted puede decir lo que quiera —repuso el viejo con obstinación—; sigue siendo cierto. Aunque yo no haya visto nada con mis propios ojos, y tal vez el arzobispo tampoco, conozco a gente que sí.

El sacerdote estaba a punto de caer sobre él con un aluvión de argumentos en dialecto, cuando lo interrumpí.

—¿A quién pertenece la casa que hay al otro lado de la carretera?

Esperé la respuesta con ansiedad.

—El dueño es el *avvocato* Bargellini —contestó la mujer con gran deferencia.

Y entonces procedieron a informarme de que ellos eran sus arrendatarios y de que el *contadini* de él estaba a cargo de todas las propiedades de la finca; que el *avvocato* Bargellini era sumamente rico y sumamente culto.

—¡Es como una enciclopedia! —clamó el sacerdote—. Sabe de todo: derecho, arte, geografía, matemáticas, numismática, ¡gimnasia! —Y blandía la mano cada vez que enunciaba una rama del saber.

Yo me sentí decepcionado.

—¿Está habitada? —pregunté.

—No —contestaron, nadie había vivido nunca allí—. El *avvocato* se la compró hace veinte años al heredero de un tal marqués de Negri, que murió muy pobre.

—¿Marqués de Negri? —exclamé. Así que, después de todo, estaba en lo cierto—. Pero ¿por qué no está habitada, y desde cuándo?

—Ah, desde… desde siempre; nadie ha vivido en ella desde la época del abuelo del marqués de Negri. Se está cayendo a pedazos; nosotros la usamos para guardar las herramientas de jardín y unos cuantos sacos de grano, pero allí no vive nadie; no hay ventanas ni postigos.

—Pero ¿por qué no la restaura el *avvocato*? —insistí—. Parece una casa muy bonita.

El anciano iba a contestar cuando el cura lo miró y se apresuró a responder en su lugar:

—Su ubicación en estos campos es poco salubre.

—¡Poco salubre! —exclamó el anciano con irritación, enfadado por la intromisión del sacerdote—. ¡Poco salubre! ¿Acaso no llevo sesenta años viviendo aquí, y ninguno de nosotros ha tenido siquiera un dolor de cabeza? ¡Poco salubre, dice! No, lo que pasa es que es una mala casa para vivir, ¡eso es!

—Qué extraño —dije—. Sin duda debe haber fantasmas, ¿no? —comenté, e intenté reír.

La palabra *fantasmas* tuvo un efecto casi mágico; todos los campesinos italianos negaban con aspavientos conocer esa clase de cosas cuando se les preguntaba, aunque en ocasiones se referían a ellas sin querer, y ellos no eran una excepción.

—¡Fantasmas! ¡Fantasmas! —exclamaron—. Seguro que el *signore* no cree en esa clase de tonterías, ¿verdad? El lugar está infestado de ratas. ¿O son los fantasmas los que roen las castañas y roban el maíz duro?

Hasta el anciano, que había parecido inclinado a creer en los fantasmas por rebeldía hacia el sacerdote, se había puesto ahora totalmente en guardia, y no pude sonsacarle más información sobre el tema. No deseaban hablar sobre fantasmas y, por mi parte, yo no quería escuchar nada acerca de ellos; pues en el estado de ansiedad y sugestión en que me hallaba, una aparición con una mortaja, el chirriar de una cadena y cualquier otra manifestación fantasmal convencional me resultaban en extremo repulsivas. Mi mente estaba demasiado obsesionada para que la importunaran vulgares espectros y, mientras dibujaba mecánicamente a la joven campesina risueña y ruborizada, y observaba su saludable semblante rosado quemado por el sol, que asomaba bajo un pañuelo de seda chillón, los ojos de mi mente estaban clavados en un rostro muy distinto, que veía con tanta nitidez como el suyo: aquel rostro oscuro y anhelante con los extraños labios rojos y el cabello levemente empolvado. Los campesinos y el cura siguieron con su alegre cháchara, pasando de un tema a otro: la cosecha, las viñas, la feria del día siguiente, las más fantásticas teorías políticas, fragmentos de sabiduría popular aún más sorprendentes; hablaban sin parar con muy buen humor, exhibiendo la más asombrosa ignorancia sobre los datos, una absurdidad pueril, una completa seriedad y una gran dosis de humor escéptico y pícaro. Yo hice lo posible por unirme a la conversación, y reí y bromeé lo mejor que pude. Lo cierto es que me sentía bastante feliz y sereno, pues poco a poco había tomado la decisión de dar un paso absurdo, que tanto podía ser infantil en extremo como sumamente temerario, pero que yo sopesaba con una frialdad y una seguridad absolutas, como ocurre en ocasiones cuando uno toma decisiones peligrosas o imprudentes para satisfacer un capricho momentáneo. Por fin había encontrado la casa, y pasaría la noche en ella.

Debía de encontrarme en un estado de violenta excitación mental, pero la excitación era tan uniforme y constante que casi parecía normal; me resultaba natural vivir en una atmósfera de extrañeza y aventura, y mi resolución era firme. Al final llegó el momento de la acción: las mujeres dejaron a un lado sus tareas, el anciano vació de cenizas su pipa con una sacudida, y todos se miraron unos a otros como si no supieran cómo empezar. El cura, que acababa de entrar de nuevo después de dar pienso a su extraordinario asno, se erigió en portavoz.

—¡Ejem! —carraspeó—. Espero que el *signore* disculpe la extremada simplicidad de estos labriegos iletrados, y que tenga en cuenta que no están acostumbrados a los lujos de la ciudad, además de que tienen que levantarse al alba para ocuparse de sus tareas agrícolas...

—Sí, sí —contesté con una sonrisa—. Lo entiendo. Quieren irse a la cama, y bien que hacen. Les ruego que me perdonen por haberlos tenido despiertos hasta tan tarde con tan poca consideración.

¿Qué se suponía que debía hacer a continuación? No entendía muy bien la situación.

—¿Tenernos despiertos hasta tarde? Oh, no, en absoluto; ¡nos sentimos muy honrados por su presencia! —exclamaron ellos.

—Bien —dijo que el cura, que estaba cada vez más soñoliento—; por supuesto, no es posible regresar con esta lluvia; las carreteras no son seguras y, además, las puertas de la ciudad están cerradas. A ver, ¿qué podemos hacer por el *signore*? ¿Podemos prepararle una cama aquí? Yo iré a dormir con nuestro querido Maso. —Y le dio una palmadita al joven en el hombro.

Las mujeres se pusieron enseguida a buscar almohadas, colchones y demás, pero yo las detuve.

—Bajo ningún concepto —dije—. No quiero abusar de su hospitalidad. Puedo dormir cómodamente al otro lado de la carretera, en la gran casa.

—¿Al otro lado de la carretera? ¿En la gran casa? —exclamaron todos al unísono—. ¿El *signore* va a dormir en la gran casa? Ah, no, jamás. Imposible.

—En lugar de eso, le pondré los arreos a mi asno y llevaré al *signore* por el barro, la lluvia y la oscuridad; vaya que sí, *corpo di Bacco* —exclamó el menudo sacerdote de rostro sonrojado.

—Pero ¿por qué no? —pregunté, decidido a que no desbarataran mis planes—. Puedo pasar una espléndida noche de descanso allí. ¿Qué me lo impide?

—¡Jamás, jamás! —protestaron a coro.

—Pero si no hay fantasmas allí —me rebelé, intentando reír—, ¿qué motivo hay para no hacerlo?

—Ah, respecto a los fantasmas —intervino el cura—, le prometo que no hay ninguno. ¡Yo espanto a los fantasmas chasqueando los dedos!

—Bueno —insistí—, no va a decirme que las ratas me confundirán con un saco de castañas y me devorarán, ¿no? Vamos, denme la llave. —Empezaba a plantearme el uso de cierta violencia—. ¿Cuál es? —añadí al ver un manojo colgado de un clavo—. ¿Es esta? ¿O esta? *Via!* Díganme cuál es.

El anciano agarró las llaves.

—No debe dormir allí —aseveró tajantemente—. No tiene sentido que se lo ocultemos más. Esa casa no es lugar para que duerma un cristiano. Algo malo ocurrió allí; alguien fue asesinado. Ese es el motivo por el que nadie vive en ella. No sirve de nada negarlo, abate. —Y se volvió con desdén hacia el cura—. En esa casa hay cosas malignas.

—¿Fantasmas? —exclamé mientras reía y trataba de arrebatarle las llaves.

—No exactamente —contestó—; pero el demonio visita a veces esa casa.

—¡Claro! —exclamé, desesperado—. Eso es justo lo que quiero. Tengo que pintar un cuadro del diablo luchando con uno de nuestros santos, que le arrancó la nariz con unas pinzas, y me llena de dicha poder tomar su retrato del natural.

No entendieron bien lo que les decía; sospecharon que estaba loco y, en efecto lo estaba.

—Dejad que se salga con la suya —refunfuñó el anciano—; es un joven obstinado. Dejad que vaya y vea y escuche todo lo que quiera.

—¡Por el amor de Dios, *signore*! —suplicaron las mujeres.

—No es posible que esté hablando en serio, *signor forestiere* —protestó el cura con su mano sobre mi hombro.

—Por supuesto que sí —respondí—; mañana por la mañana les contaré todo lo que haya visto. Si el diablo no se queda quieto mientras posa sentado para mí, le arrojaré mi pintura negra.

—¡Pintar al diablo! ¿Está loco? —susurraron las mujeres, horrorizadas.

Yo había conseguido hacerme con las llaves.

—¿Es esta? —pregunté, señalando una llave pesada y muy oxidada, con un hermoso trabajo de forja.

El anciano asintió.

La saqué del llavero. A pesar de estar aterrorizadas por mi osadía, las mujeres se regocijaban en secreto ante la perspectiva de escuchar una buena historia a la mañana siguiente. Una de ellas me entregó un quinqué de cocina de dos cabos, con matacandelas y pinzas unidas con una cadena a su alto pie; otra trajo un enorme paraguas de color rosa; el joven sacó un manto grande con ribetes verdes y una gruesa gualdrapa. Si los hubiera dejado, me habrían ofrecido un colchón y mantas.

—Así pues, ¿insiste usted en ir? —preguntó el cura—. ¡Piense en el penetrante frío y la humedad que debe hacer allí!

—Se lo ruego, *signore*, ¡recapacite! —imploró la joven.

—¿No les he dicho que me han encargado que pinte un retrato del diablo? —repuse. Y, tras descorrer el pestillo y abrir el paraguas, salí corriendo de la casa.

—*Gesù Maria!* —gritaron las mujeres—; ¡ir allí en una noche como esta!

—¡Para dormir en el suelo! —exclamó el cura—. Qué hombre, ¡qué hombre!

—*È matto, è matto!* ¡Está loco! —se sumaron todos, y luego cerraron la puerta.

Atravesé a la carrera la riada que corría por delante de la puerta, abrí la verja de hierro, caminé apresuradamente en la oscuridad y crucé empapado la avenida de álamos plañideros. El destello repentino de un rayo, ancho, rosado y prolongado, me permitió ver la casa, que parecía un inmenso barco encallado o un gigantesco y sombrío esqueleto que acechara en la oscuridad.

Subí los escalones de entrada, hice girar la llave en la cerradura y sacudí la puerta con violencia.

IV

Después de propinar un enérgico empujón a la vieja puerta de madera podrida, esta se abrió con un crujido y entré en un amplio vestíbulo de techo alto, el salón de entrada de la antigua y noble villa. Mientras avanzaba con cautela, oí un sonido cortante parecido a un siseo, y algo suave y aterciopelado me rozó la mejilla. Retrocedí al tiempo que sostenía en alto el quinqué: era solo un búho asustado por la luz, que se puso a ulular en tono sombrío mientras se posaba en su percha. La lluvia seguía cayendo, plomiza y monótona; el único otro sonido que se oía era el del eco de mis pasos en la vasta estancia. Miré hasta donde me permitía la luz incierta de mi quinqué de dos cabos: el reluciente suelo de mármol solo era visible en algunos lugares; el polvo había formado una gruesa capa sobre él y había granos amarillos de maíz desparramados por todas partes. En el centro vi varias sillas rotas; sillas sobrias de respaldo alto, con restos de pan de oro y brocado, y algunas más pequeñas de madera, con el relleno de andrajosa paja del asiento a la vista. Sobre una gran mesa de roble descansaban varios sacos de maíz; en las esquinas había montones de castañas y capullos verdes y amarillos de gusanos de seda, así como azadas, palas y otras herramientas para el huerto; el suelo estaba cubierto de raíces y bulbos; en el lugar entero flotaba un vago olor mohoso a madera y yeso en descomposición, a tierra, a fruta seca y gusanos de seda. Alcé la vista; la lluvia entraba con fuerza a través de las ventanas sin cristal y caía a chorro sobre los vestigios de tracería y frescos; miré más arriba, hacia las vigas desnudas y podridas. Me quedé ahí parado mientras la lluvia caía intensa y lúgubre, y el agua salpicaba y resbalaba por el tejado; me quedé ahí parado en la desolada estancia, en un estado atontado y ausente. Toda aquella decadencia solemne y silenciosa me impresionaba en lo más hondo, mucho más de lo que había esperado; toda mi excitación se había esfumado y todos mis caprichos parecían haberse dado a la fuga.

Casi olvidé por qué había deseado ir allí; de hecho, ¿por qué había ido? Aquella obsesión demencial parecía ahora completamente inútil e inexplicable; aquella escena extraña y solemne bastaba por sí misma. No sabía qué hacer, ni siquiera cómo sentirme; tenía ante mí el objeto de mi deseo, todo había terminado. Estaba en la casa; no quería arriesgarme a adentrarme más allá ni me atrevía a pensar en ello; todo aquel cortejo temerario con lo pintoresco y lo sobrenatural que me había embargado hasta entonces se había esfumado; me sentía como un intruso, tímido y humilde; un intruso en la soledad y las ruinas.

Extendí la gualdrapa en el suelo, coloqué la lámpara a mi lado, me envolví con el manto del campesino, apoyé la cabeza en una silla rota y me quedé mirando con apatía las vigas vistas, mientras escuchaba el monótono ruido de la lluvia y del agua que salpicaba del tejado; aparentemente desprovisto de pensamientos y sensaciones.

No sabría decir cuánto tiempo permanecí así; los minutos parecían horas en esa vigilia, con la única compañía del chisporroteo y los destellos de la lámpara en el interior, y el constante chapoteo del exterior; tendido ahí solo, despierto pero ausente, en el inmenso vestíbulo desvencijado.

Apenas podría decir si fue de golpe o gradualmente, pero el caso es que empecé a percibir, o a creer que percibía, sonidos tenues y confusos cuyo origen desconocía. No era capaz de distinguir de qué se trataba; lo único que sabía era que eran muy distintos del chapoteo y las salpicaduras de la lluvia. Me incorporé apoyándome en el codo y escuché; me saqué el reloj y pulsé el repetidor para asegurarme de que estaba despierto: uno, dos, tres, cuatro, cinco, seis, siete, ocho, nueve, diez, once, doce trémulos tictacs. Me senté y escuché con más atención, intentando diferenciar los ruidos del de la lluvia en el exterior. Los sonidos —cristalinos, agudos pero apagados— parecieron volverse más nítidos. ¿Acaso se estaban acercando, o es que yo me estaba despertando? Me puse de pie y escuché, conteniendo el aliento. Me estremecí, cogí la lámpara y di un paso adelante; esperé un momento y escuché de nuevo. No cabía duda de que los leves sonidos metálicos procedían del interior de la casa; eran notas, las notas de un instrumento. Avancé con cautela. Al fondo del vestíbulo había unos escalones que llevaban a una extravagante puerta dorada destartalada; titubeé antes de abrirla, pues sentía un miedo vago y terrible de lo que podía haber tras ella. La empujé poco a poco con suavidad y me quedé en el umbral, temblando y sin aliento. No era más que una habitación oscura y vacía, seguida de otra; reinaba en ellas una humedad fría y olían a cripta. Las crucé lentamente, asustando a los murciélagos con mi luz; y los sonidos, los acordes agudos y metálicos, se fueron oyendo cada vez con más claridad; y a medida que eso sucedía, un vago y paralizante terror fue apoderándose de mí. Llegué al pie de una amplia escalera de caracol, cuyo final se perdía en la oscuridad, y mi quinqué alumbró con su luz vacilante los primeros peldaños. Los sonidos, que ahora me llegaban con bastante claridad, eran las notas ligeras, agudas y argentinas de un clavecín o una espineta; atravesaban claras y vibrantes el silencio de aquella casa que parecía una cripta. Gotas de sudor frío me perlaron la frente; me sujeté a la barandilla de la escalera y me arrastré poco a poco hacia arriba como una masa inerte. Entonces se oyó un acorde y, delicada e imperceptiblemente, deslizándose en las modulaciones del instrumento, llegaron las notas de una voz extraña y exquisita. Era de una maravillosa cualidad, dulce, densa y aterciopelada, ni cristalina ni penetrante, pero con un encanto vago y soñoliento que parecía sumir el alma en una dicha debilitante. Sin embargo, junto a ese encanto, un frío terrible pareció invadirme el corazón. Subí sigilosamente las escaleras, escuchando y jadeando. En el amplio rellano había unas puertas de fuelle doradas, a través de cuyas rendijas se colaba el tenue brillo de una luz, detrás de la cual se encontraba la fuente de los sonidos. Junto a la puerta, pero más elevada, había una de esas ventanas ovaladas y ornamentadas que los franceses llaman *œil-de-bœuf*, bajo la cual había una mesa rota. Tras hacer acopio de todo mi valor, me encaramé a la inestable mesa y me puse de puntillas para llegar a la altura de la ventana y, temblando, eché un vistazo a través de su cristal oscurecido por el polvo. Vi una gran estancia de techos altos, cuya mayor parte quedaba oculta en las sombras, de modo que solo pude distinguir el perfil de los pesados cortinajes que cubrían las ventanas, de un biombo, y de una o dos sillas ponderosas. En el centro había un pequeño clavecín taraceado, sobre el que descansaban dos velas que proyectaban una luminosa reverberación en el reluciente suelo de mármol y creaban una masa de luz pálida y amarillenta en la habitación oscura. Al clavecín, vuelta ligeramente de espaldas a mí, había sentada una figura ataviada con ropa de finales del siglo pasado: una larga chaqueta de un lila pálido, un chaleco verde pálido, y un cabello levemente empolvado recogido en un saquito de seda negra; del respaldo del asiento colgaba una capa de seda de un color ámbar intenso. El hombre cantaba muy concentrado mientras se acompañaba con el clavecín, dando la espalda a la ventana en la que me encontraba yo. Me quedé embelesado, incapaz de moverme, como si se me hubiera congelado toda la sangre y mis extremidades se hubieran quedado paralizadas, casi insensible salvo porque veía y oía, lo veía y lo oía, a él solo. La maravillosa voz dulce y aterciopelada se deslizaba con ligereza y destreza por los complicados laberintos de la canción; remataba una floritura tras otra, escalaba imperceptiblemente hasta adquirir una gloriosa y nebulosa magnitud, y descendía de una nota alta a una baja, apagándose con delicadeza como un extraño y misterioso suspiro; luego saltaba a una nota alta, nítida y triunfal, y estallaba en un trémolo rápido y luminoso.

La figura apartó por un instante las manos del teclado y se volvió ligeramente hacia mí. Nuestras miradas se cruzaron; sus ojos eran los profundos, suaves y anhelantes ojos del retrato del palacio de Fa Diesis.

En ese momento, una sombra se interpuso entre las velas y yo, y de inmediato, no sé cómo ni por obra de quién, estas se apagaron y la habitación se sumió en una completa oscuridad; al mismo tiempo, la modulación se interrumpió sin terminar; las últimas notas de la pieza se transformaron en un prolongado grito agudo y trémulo; se oyó el sonido de un forcejeo y voces ahogadas, el golpe sordo de un cuerpo al caer, un tremendo estruendo, y otro largo grito vibrante y espantoso. El hechizo se había roto; di un respingo, bajé de un salto de la mesa y me dirigí apresuradamente a la puerta cerrada de la habitación; sacudí los paneles dorados dos y tres veces, en vano; los separé a la fuerza con un tremendo esfuerzo y entré.

La luz de la luna se derramaba como una amplia sábana blanca a través de un agujero en el tejado roto y bañaba la desolada habitación con una luz vaga y verdosa. Estaba vacía. En el suelo había montones de baldosas y yeso rotos; el agua goteaba por la pared manchada y se acumulaba en el piso, atravesado por una viga rota caída; y allí, solitario y abandonado en medio de la estancia, había un clavecín abierto, con la tapa partida y cubierta de un extremo al otro de polvo incrustado, con las cuerdas oxidadas y quebradas, y el teclado amarillo lleno de telarañas. La luz blanco verdosa caía directamente sobre él.

Me embargó un pánico incontrolable; salí con rapidez, cogí el quinqué que había dejado en el rellano y bajé la escalera a toda prisa, sin atreverme a mirar a mi espalda ni a derecha o izquierda, como si algo espantoso e indefinible me persiguiera, mientras aquel grito prolongado y agonizante me retumbaba en los oídos. Crucé a la carrera las estancias vacías y reverberantes y abrí de par en par la puerta del enorme vestíbulo —tal vez allí, al menos, me encontrara a salvo—; entonces, nada más entrar, resbalé, el quinqué se me cayó y se apagó, y yo caí hacia abajo, cada vez más abajo, no sabía adónde, y me desmayé.

Cuando recobré el sentido, de manera gradual y vaga, me encontré tendido en un extremo de la vasta entrada de la villa en ruinas, al pie de unos escalones, con el quinqué caído a mi lado. Miré a mi alrededor, aturdido y asombrado; la luz blanca de la mañana entraba a raudales en el vestíbulo. ¿Cómo había llegado ahí? ¿Qué me había sucedido? Poco a poco fui recordando y, a medida que regresaban los recuerdos, regresó también el miedo y me apresuré a ponerme en pie. Me llevé la mano a la dolorida cabeza y la retiré manchada con un poco de sangre. Cuando me invadió el pánico, debía de haberme olvidado de los escalones y haberme caído, y me había golpeado la cabeza contra la afilada base de la columna. Me limpié la sangre, recogí el quinqué, el manto y la gualdrapa, que estaban donde los había dejado, tendidos en el suelo de mármol con polvo incrustado, entre los sacos de harina y los montones de castañas, y avancé a trompicones por la estancia, sin saber del todo si estaba despierto o dormido. Al llegar a la puerta, me paré y me volví a mirar una vez más el gran vestíbulo desnudo, con sus vigas podridas y sus frescos desvaídos, los montones de basura y herramientas del huerto, su triste y solemne decadencia. Abrí la puerta, salí a la larga escalera principal de la casa y contemplé maravillado la bonita y serena escena. La tormenta se había alejado, dejando tras de sí solo unas nubles blancas y difusas en el cielo azul; el sol, que ya brillaba con intensidad, levantaba nubes de vapor de la tierra empapada; las espigas de trigo dorado estaban aplastadas, las hojas de maíz y de viña centellaban con gotas de lluvia, y el alto cáñamo verde desprendía su dulce y fresca fragancia. Ante mí se extendía el jardín maltrecho, con sus setos sin podar, sus enormes y decoradas vasijas para limones, su despliegue de alfombras de gusanos de seda, sus hierbas, plantas y flores enmarañadas; más allá se veía la ondulante llanura verde con sus avenidas de altos álamos que se alargaban en todas las direcciones, y en cuyo centro se erguían los muros, tejados y torres morados y grises de la vieja ciudad; las gallinas cacareaban mientras buscaban lombrices en la blanda tierra húmeda, y el sonido profundo y nítido de la gran campana de la catedral flotaba sobre los campos. Al contemplar esta estampa hermosa y fresca, me asaltó, más vivamente que nunca, el pensamiento de cuán terrible debía ser renunciar para siempre a todo esto, yacer ciego, sordo e inmóvil descomponiéndose bajo tierra. La idea me provocó un escalofrío y me alejé de la ruinosa casa; corrí hasta la carretera; los campesinos estaban allí, ataviados con su ropa más alegre, de color rojo, azul, canela y verde claro, atareados amontonando verduras en un carro ligero pintado con guirnaldas de hojas de vid y las almas en llamas del purgatorio. Un poco más allá, en la puerta de la granja blanca y porticada, con su reloj de sol y su emparrado de vides, el jovial y menudo cura ajustaba los arreos de su maravilloso asno, mientras la chica, subida a una silla, colocaba una ofrenda de bayas y un ramillete de flores recién recogidas, todavía mojadas, ante el altar de la pequeña *Madonna* desvaída. Al verme, todos lanzaron un grito y se acercaron a mí con entusiasmo.

—Bueno —dijo el cura—, ¿ha visto algún fantasma?

—¿Ha pintado el retrato del diablo? —Se rio la chica.

Yo meneé la cabeza con una sonrisa forzada.

—¡Vaya! —exclamó el muchacho—, el *signore* se ha hecho una herida en la frente. ¿Cómo ha podido ser?

—El quinqué se apagó y tropecé con una esquina afilada —me apresuré a responder.

Se fijaron en que yo parecía pálido y enfermo, y lo atribuyeron a mi caída. Una de las mujeres corrió a la casa y regresó con una botellita de cristal en forma de bulbo, llena de un líquido verdoso.

—Frótese un poco en el corte —indicó—; es infalible, cura cualquier herida. Es aceite bendito de más de cien años de antigüedad, que nos dejó nuestra abuela.

Meneé la cabeza, pero obedecí y me froté un poco de la sustancia verde de olor extraño sobre el corte, sin notar ningún efecto especialmente milagroso.

Todos iban a la feria; cuando terminaron de cargar el carro, se subieron a sus bancos hasta hacerlo inclinarse hacia delante con su peso; el muchacho arreó al viejo y peludo caballo y partieron traqueteando, mientras se despedían de mí agitando sombreros y pañuelos. El cura me ofreció con gentileza un asiento junto a él en su calesa y yo acepté mecánicamente, y partimos también detrás del tintineante carro de los campesinos a través de los caminos embarrados, donde las ramas mojadas se inclinaban sobre nosotros mientras rozábamos las gotas de los verdes setos. El sacerdote era muy hablador, aunque a mí me dolía tanto la cabeza y me daba tantas vueltas, que apenas lo oía. Miré atrás hacia la villa desierta, una enorme masa oscura entre los relucientes campos verdes de cáñamo y maíz, y me estremecí.

—No se encuentra bien —señaló el cura—; debe de haber cogido frío en ese condenado agujero húmedo.

Entramos en la ciudad, abarrotada de carros y campesinos, atravesamos el mercado, con sus espléndidos y antiguos edificios festoneados con utensilios de hojalata, cebollas, chismes de colores y demás; y luego me dejó en mi posada, donde el cartel con los tres peregrinos se balanceaba sobre la puerta.

—¡Adiós, adiós! *A rivederci!* ¡Hasta que nos volvamos a ver! —exclamó.

—*A rivederci!* —contesté sin energía.

Me sentía entumecido y mareado; pagué la cuenta y ordené que me bajaran el equipaje de inmediato. Deseaba marcharme de M—; el instinto me decía que estaba a punto de caer gravemente enfermo y mi único pensamiento era llegar a Venecia mientras pudiera.

En efecto, el día después de mi llegada a Venecia, me subió la fiebre y no me abandonó durante casi una semana.

—¡Eso te pasa por quedarte en Roma hasta julio! —exclamaron todos mis amigos, y yo no hice nada por desmentirlo.

* * *

Winthrop se quedó callado y, durante un instante, permaneció con la cabeza entre las manos; ninguno de nosotros hizo comentario alguno, pues todos nos habíamos quedado sin palabras.

—La canción, la que oí esa noche —añadió al cabo de un momento—, y las palabras con las que comenzaba, las del retrato: *Sei Regina, io Pastor sono*, se me quedaron grabadas en la memoria. Aproveché cualquier oportunidad de descubrir si realmente existía tal aire;

pregunté a numerosas personas y rebusqué en media docena de archivos musicales. Sí que encontré una canción, más de una incluso, con esas palabras, que por lo visto han utilizado varios compositores; pero al tocar las piezas al piano resultaron ser completamente distintas de la que recordaba. La consecuencia natural fue que, a medida que el impacto de la aventura se fue desvaneciendo, empecé a dudar de si no había sido tan solo delirio, el recuerdo de una pesadilla, debido a la excitación y la fiebre, o bien al vago y morboso anhelo de algo extraño y sobrenatural. Poco a poco fui aceptando esta explicación y consideré que toda la historia había sido una alucinación. En cuanto a la canción, como no podía explicarlo, la aparté de mi mente sin acabar de entenderla y traté de olvidarla. Pero ahora, al escuchar de pronto ese mismo aire cantado por usted, al recibir la confirmación de su existencia más allá de mi imaginación, la escena entera ha regresado a mi mente con toda su viveza, y me siento obligado a creer. ¿Acaso puedo hacer otra cosa? Dígame, ¿es realidad o es ficción? En cualquier caso —añadió, al tiempo que se levantaba y cogía su sombrero, tratando de adoptar un tono más liviano—, ¿me permite implorarle que nunca jamás me deje escuchar de nuevo esa pieza?

—Tenga por seguro que así será —contestó la condesa, dándole un apretón en la mano—. Ahora me resultaría incluso incómodo; además, seguro que saldría mal parada con la comparación. ¡Ay, mi querido señor

Winthrop! ¿Sabe? Creo que casi sería capaz de pasar una noche en la Villa Negri, si así pudiera escuchar una canción de la época de Cimarosa cantada por un cantante del siglo pasado.

—Sabía que no creerían ni una sola palabra. —Fue la única respuesta de Winthrop.

LA LEYENDA
DE *MADAME* KRASINSKA

*P*ara contar esta historia es necesario explicar cómo llegué a saber de ella o, mejor dicho, cómo se cruzó en mi camino para que yo la escribiera.

Cierto día, quedé profundamente impresionado por una monja de la orden que se hace llamar Hermanitas de los Pobres. Me habían llevado allí para respaldar la recomendación de una anciana, la antigua portera del estudio de mi amigo Cecco Bandini, a quien él deseaba encontrar una plaza en el asilo. Resultó, como era de esperar, que Cecchino era totalmente capaz de presentar su caso sin mi ayuda, así que lo dejé engatusando a la madre superiora en la amplia y alegre cocina, y solicité que me mostraran el resto del establecimiento. La hermana a la que indicaron que me acompañara es de quien voy a hablar.

La dama en cuestión era alta y delgada; mientras me precedía por la estrecha escalera y a través de los pabellones encalados, su figura desprendía una elegancia y un encanto insólitos, y poseía una rapidez de movimientos tan infantil, que experimenté una leve sorpresa al distinguir el primer atisbo real de su rostro. Era joven y de una belleza extraordinaria, con una clase de refinamiento propio de las mujeres estadounidenses, pero también inexpresivo y de una solemnidad trágica; uno tenía la sensación de que, debajo de su ajustada toca de lino, su cabello debía de ser blanco como la nieve. La tragedia, fuera cual fuera, había quedado ahora atrás, y la expresión de la dama, mientras hablaba con los ancianos que removían la tierra del huerto, planchaban sábanas en la lavandería o se limitaban a arrimarse a sus braseros bajo el frío sol del invierno, inspiraba lástima solo en virtud de su extraña ternura actual, y por ese rastro de espantoso sufrimiento en el pasado.

Contestaba mis preguntas con gran brevedad, y su actitud taciturna contrastaba con la habitual locuacidad de las damas de las comunidades religiosas. No obstante, cuando expresé mi admiración por una institución que se las ingeniaba para alimentar a montones de ancianos indigentes con los víveres desechados que conseguían gracias a implorar en residencias privadas y posadas, ella se volvió, clavó su mirada en mí y dijo, con una sinceridad que era casi apasionada:

—¡Ah, los ancianos! ¡Los ancianos! Para ellos es mucho mucho peor que para cualquier otro. ¿Alguna vez se ha parado a pensar en lo que se siente al ser pobre y viejo, y estar desamparado?

Aquellas palabras, sumadas al extraño tono de voz de la hermana y al extraño brillo de sus ojos, se me quedaron grabadas en la memoria. Cuál no sería mi sorpresa, pues, cuando al regresar a la cocina, la observé dar un respingo y agarrarse al respaldo de una silla en cuanto vio a Cecco Bandini. Él, por su parte, también se sobresaltó de manera visible, pero solo al cabo de un momento; era evidente que ella lo había reconocido mucho antes de que él la identificara a ella. ¿Qué romance podían haber compartido mi excéntrico pintor y aquella serena pero trágica hermanita de los pobres?

Una semana después, Cecco vino a verme y no me cupo duda de que deseaba explicarme el misterio, aunque (a juzgar por su actitud avergonzada) mediante una de esas mentiras sorprendentemente elaboradas que en ocasiones tratan de pergeñar las personas más honestas. No era el caso. En efecto, Cecchino había venido para darme una explicación sobre aquella absurda escenita que había tenido lugar entre él y la hermanita de los pobres. Sin embargo, no lo hacía para satisfacer mi curiosidad, ni para despejar mis sospechas, sino para cumplir una misión que era para él importantísima: contribuir, en sus propias palabras, al éxito de las buenas obras de una verdadera santa.

Por supuesto, explicó al tiempo que sonreía con su noble sonrisa, bajo sus cejas negras y su bigote blanco, que no esperaba que yo creyera literalmente la historia cuya escritura se había comprometido a encargarme.

Solo me pedía, y la dama solo deseaba, que yo escribiera el relato de ella sin añadir comentario alguno, y que permitiera que fuera el corazón del lector el que decidiese acerca de su veracidad o su falsedad.

Por este motivo, y con el objetivo de conseguir apelar más al lector profano que al religioso, he alterado el orden del relato de la hermanita de los pobres, y he tratado de transformar su leyenda piadosa en una historia mundana, que reza así:

I

Cecco Bandini acababa de regresar de la Maremma, a cuyos solitarios pantanos y selvas había huido tras uno de sus ataques de cólera provocados por la estupidez y crueldad del mundo civilizado. Los muchos meses entre búfalos y jabalíes, conversando solo con los cerezos silvestres, de los que decía en tono enigmático: «Son gente buenísima», lo habían hecho volver con un extraordinario entusiasmo por la civilización y una cómica tendencia a considerar sus productos, humanos o no, extraordinarios, pintorescos y evocadores. Se hallaba en ese estado de ánimo cuando alguien llamó suavemente con los nudillos a su puerta y dos damas aparecieron en el umbral de su estudio, con el rostro afeitado y el sombrero con escarapela de un alto lacayo que descollaba por encima de ellas desde atrás. Una de ellas, nuestro pintor no la había visto nunca; la otra se contaba entre los escasos conocidos de postín de Cecchino.

—¿Por qué no ha venido todavía a visitarme, bárbaro? —preguntó al tiempo que entraba con rapidez, dedicándole un brusco apretón de manos y una brusca sonrisa que iluminó sus ojos; cortés pero audaz y un poco salvaje. Tras dejarse caer en un diván, señaló con la cabeza primero a su acompañante y luego a los cuadros que atestaban el lugar, y añadió—: He traído a mi amiga, *madame* Krasinska, a ver sus obras. —Y comenzó a pasar con el extremo de su parasol el contenido de un portafolio abierto.

La baronesa Fosca, pues así se llamaba, era una de las damas más inteligentes y sagaces de la ciudad, con una inclinación por el arte y las conversaciones implacablemente francas. Mientras se reclinaba entre sus pieles en el desvencijado diván de Cecco Bandini, al pintor se le apareció con el aspecto de una Lucrecia Borgia moderna, la pantera domesticada de vida elegante.

«¡Qué interesante es la civilización! —pensó mientras observaba todos sus movimientos con los ojos de la imaginación—. ¡Uno podría pasar años entre la agreste gente de la Maremma sin conocer jamás una criatura tan formidable, terrible, pintoresca y poderosa como esta!».

Cecchino estaba tan absorto en contemplar a la baronesa Fosca —que en realidad no era en absoluto una Lucrecia Borgia, sino tan solo una dama impaciente aficionada a divertir y que la divirtieran—, que apenas reparó en la presencia de su acompañante. Sabía que era muy joven, muy bonita y muy elegante, que le había dedicado la mejor de sus reverencias y que le había ofrecido su silla menos desvencijada; por lo demás, el pintor se había limitado a sentarse frente a su Lucrecia Borgia de la vida moderna, que mientras tanto había encontrado un cigarrillo y exhalaba bocanadas de humo mientras explicaba que estaba a punto de celebrar un baile de disfraces, que sería el acontecimiento más *crâne*, el único entretenido, del año.

—Ah —exclamó él, animado ante la perspectiva—, permítame que le diseñe un vestido todo negro, blanco y verde claro; podría ir de solano furioso, de *Atropa belladonna*…

—¡*Atropa belladonna*! Pero ¿cómo, si mi baile es de disfraces divertidos…?

Antes de que la baronesa terminara de contestar en tono despectivo, la atención de Cecchino se vio atraída de pronto hacia el otro extremo del estudio por una exclamación de su otra visitante.

—¡Hábleme de ella! ¿Cómo se llama? ¿Está loca de verdad? —preguntó la joven dama a la que le habían presentado como *madame* Krasinska, y que sujetaba en una mano el portafolio abierto y, en la otra, un dibujo a color que había sacado de él.

—¿Qué es eso? ¡Ah, solo es Sora Lena! —exclamó *madame* Fosca, y volvió a centrarse en contemplar los anillos de humo que estaba haciendo.

—Hábleme de ella. ¿Sora Lena, ha dicho? —preguntó con entusiasmo la dama más joven.

Hablaba en francés con un leve y encantador acento estadounidense, a pesar de su nombre polaco. Era adorable, se dijo Cecchino, la personificación radiante de la animación y la elegancia juveniles, allí parada con sus largas pieles plateadas mientras sostenía el dibujo con sus pequeñas manos enfundadas en unos ceñidos guantes y derramaba a su alrededor su vaga y exquisita fragancia; no, no se trataba de un mero perfume, eso habría sido demasiado burdo, sino de algo más personal que se parecía a uno.

—La he visto muchas veces —continuó, con esa voz cristalina y juvenil suya—; está loca, ¿verdad? Y ¿cómo ha dicho que se llamaba? Por favor, recuérdemelo.

Cecchino estaba encantado.

«Cuán cierto es —reflexionó— que solo el refinamiento, la alta cuna y el lujo pueden dar a las personas cierto tipo de sensibilidad y una rápida intuición. Ninguna mujer de otra clase habría escogido precisamente ese dibujo o se habría interesado por él sin que se le escapara una estúpida risa».

—¿Quiere conocer la historia de la pobre Sora Lena? —preguntó al tiempo que cogía el dibujo de la mano de *madame* Krasinska, y contempló por encima de él el rostro encantador e impaciente de la joven.

El dibujo podría haber pasado por una caricatura, pero cualquiera que hubiera estado ni que fuera una semana en Florencia desde hacía seis o siete años se habría percatado al instante de que se trataba de un retrato fiel. Pues Sora Lena —para ser más correcto, la *signora* Maddalena— había sido durante años y años una de las visiones más habituales de la ciudad. Hiciera el tiempo que hiciera, era posible ver a aquella corpulenta anciana, con su rostro enrojecido de expresión distraída que todo lo miraba, caminando penosamente por las calles o de pie delante de las tiendas, ataviada con su extraordinario vestido de treinta años atrás, su enorme miriñaque, sobre el que caían lacias una falda de seda y unas enaguas deshilachadas, su inmenso tocado con el borde rígido y la parte de atrás plana, su chal, sus botines y su gran manguito o su parasol; uno de sus varios atuendos, todos iguales, de aquella época lejana, todos igual de harapientos e indescriptiblemente sucios. Hiciera el tiempo que hiciera, era posible verla vagar de un lado a otro, impasible, indiferente a las miradas y las burlas, de las que en comparación había menos en la época, hasta tal punto se había acostumbrado a ella la Florencia burlona y fisgona. Hiciera el tiempo que hiciera, pero sobre todo cuando era malo, como si la miseria del barro y la lluvia sintiera afinidad por aquel pedazo de miseria humana triste, maltrecho, sucio y magullado, aquel lamentable harapo de sordidez sin luces.

—¿Quiere saber más de Sora Lena? —repitió Cecco Bandini, meditativo. Ambas mujeres, la del dibujo y la que tenía frente a sí, contrastaban de una manera extrañísima. Y le parecía que había algo conmovedor y antojadizo en el interés que una había despertado en la otra—. ¿Cuánto hace que se pasea por aquí? Pues desde mis primeros recuerdos de las calles de Florencia, y eso —añadió Cecchino con pesar— es mucho más tiempo del que llevo la cuenta. Tengo la sensación de que siempre ha estado ahí, como los olivos y los adoquines; al fin y al cabo, la torre de Giotto no estaba ahí antes de Giotto, mientras que la pobre Sora Lena... Aunque, en todo caso, hasta ella tiene un límite. Corre una leyenda sobre ella; se dice que en otra época era una mujer cuerda y tenía dos hijos, que se alistaron como voluntarios en el 59 y cayeron en Solferino, y desde entonces, sale a la calle todos los días, ya sea invierno o verano, con sus mejores galas, para recibir a los jóvenes en la estación. Es posible. En mi opinión, no importa mucho si la historia es cierta o falsa: es apropiada.

A continuación, Cecco Bandini se puso a quitar el polvo de varios lienzos que habían llamado la atención de la baronesa Fosca. Mientras ayudaba a la mujer a ponerse las pieles, ella le dedicó una de sus descaradas sonrisitas y señaló con la cabeza a su acompañante.

—*Madame* Krasinska —dijo entre risas— siente un gran deseo de poseer uno de sus dibujos, pero es demasiado educada para preguntarle por el precio. Eso es lo que nos sucede por no saber cómo ganarnos nuestro propio dinero, ¿verdad, *signor* Cecchino?

Madame Krasinska se sonrojó y eso le dio una apariencia más juvenil, delicada y cautivadora.

—No sabía si accedería a desprenderse de uno de sus dibujos —dijo con su voz cristalina e infantil—. Es… este el que tanto me gustaría tener… comprar.

La vergüenza que la palabra *comprar* produjo en su exquisito comportamiento hizo sonreír a Cecchino. Pobre, cautivadora, joven criatura, pensó; cree que lo único que puede vender la gente que conoce es a sí misma, y eso se llama casarse.

—Debe explicarle a su amiga —le indicó a la baronesa Fosca mientras buscaba en un cajón un pedazo de papel limpio— que una porquería como esta ni se compra ni se vende; ni siquiera es posible para un pobre diablo de pintor ofrecérsela como regalo a una dama; sin embargo —y le tendió el pequeño rollo a *madame* Krasinska, al tiempo que ejecutaba la mejor de sus reverencias—, sí que es posible que una dama le haga la gracia de aceptarlo.

—Muchas gracias —contestó *madame* Krasinska, deslizando el dibujo en su manguito—, es muy amable por su parte regalarme un dibujo tan… tan interesante. —Y le apretó los grandes dedos bronceados con su pequeña mano enfundada en un guante gris.

—¡Pobre Sora Lena! —exclamó Cecchino, cuando lo único que quedó de la visita fue un leve perfume a exquisitez; y pensó en la espantosa y vieja loca que arrastraba su vestido mugriento, descansando, enrollada en un dibujo a modo de efigie, en la deliciosa suavidad de aquel delicado manguito gris.

II

Dos semanas después se celebró el gran baile de disfraces de *madame* Fosca, a cuyos invitados se pidió que acudieran con lo que se describía como un disfraz divertido. Algunos, sin embargo, solicitaron permiso para asistir con su atuendo habitual, y entre ellos se encontraba Cecchino Bandini, que además estaba convencido de que su chaqué pasado de moda, que tan solo se ponía para las bodas, constituía de por sí un traje lo bastante cómico.

Esta cuestión no interfirió en absoluto en su diversión. Había incluso, en su mente caprichosa, cierto encanto en hallarse en medio de una multitud entre la que no conocía a nadie; pasar desapercibido, o confundido quizá con los camareros, mientras esperaba en la escalera y paseaba luego por las grandes estancias del palacio. Era casi tan útil como llevar una capa de invisibilidad: uno podía ver muchas cosas porque nadie lo veía a él; de hecho, por momentos, uno estaba dotado (o al menos esa fue la impresión de su caprichosa imaginación) de una facultad como la de entender el canto de los pájaros; y mientras miraba y escuchaba, se enteró de innumerables y encantadores romances, que se ocultaban a personas más notables pero menos privilegiadas.

Poco a poco, las amplias estancias blancas y doradas empezaron a llenarse. Las damas, que antes se habían desplazado en hermosa soledad desplegando sus faldas con tanta elegancia como la cola de un pavo real, no tardaron en resultar visibles tan solo de cintura para arriba; y lo único que destacaba de las palmeras y los helechos arbóreos eran las ramas que se recortaban contra las relucientes paredes. En lugar de pasearse por los abigarrados brocados, las sedas tornasoladas y los asombrosos adornos de plumas y flores, la mirada de Cecchino se vio obligada a elevarse debido a la creciente multitud; lo que le deslumbraba ahora era la centelleante constelación de diamantes en cuellos y cabezas, y el desacostumbrado esplendor de hombros y brazos blancos. Y, a medida que se llenaba la estancia, la capa de invisibilidad también se ceñía más alrededor de nuestro amigo Cecchino, y la extraordinaria facultad de percibir románticos y deliciosos secretos en el corazón de los demás se fue incrementando. Le parecían niños exquisitos, esas criaturas que hacían frufrú con sus fantásticos vestidos, pastores y pastoras de rostros empolvados con diamantes que arrojaban fuego entre sus costillas y sus moños; japoneses y chinos adornados con ramos de flores; seres medievales y de la Antigüedad, y seres ocultos bajo el plumaje de pájaros o pétalos de flores; niños, pero niños que de alguna manera habían madurado, transfigurados por el contacto con el lujo y la buena educación, niños llenos de gentileza y amabilidad. Había, por supuesto, varios disfraces que podrían haber estado mejor diseñados o ejecutados, o que habría sido mejor incluso ignorar por completo. Al cabo de un rato, uno se aburría de ver a personas vestidas de marionetas, botellas de champán, barras de lacre o globos atrapados; sin duda se habría podido prescindir de un joven ataviado como una bailarina clásica, y de otro que se presentó disfrazado de nodriza, con el *obligato* bebé. Además, Cecchino no pudo evitar un leve gesto de dolor al ver a la hija de la anfitriona vestida y maquillada para encarnar a su propia abuela, una dama anciana y respetable cuyo retrato colgaba en el comedor, y cuyos anteojos él mismo había recogido a menudo durante su infancia. Pero aquellos eran meros detalles sin importancia y, en conjunto, la visión era hermosa, fantástica. Así que Cecchino se desplazó de un lado a otro, invisible en su raído traje negro, y se dejó llevar por la corriente de la refinada y multicolor concurrencia; placenteramente cegado por las innumerables luces, el destello de las lámparas de araña y las llamas que despedían las joyas; sutilmente ensordecido por el murmullo confuso de incontables voces, crujientes telas y susurrantes abanicos, de música de baile distante; aspiró la vaga fragancia que parecía menos la decocción de un ingenioso perfumista, y más la exquisita y expresiva emanación de aquella refinada floración de personalidades. Sin duda, se dijo, no hay placer más delicioso que ver a la gente divertirse con refinamiento; hay una magia transformadora, casi un poder moralizante, en la riqueza, la elegancia y la buena cuna.

Estaba haciéndose esa reflexión, y contemplando entre dos bailes una minúscula pelusa de plumón que flotaba en la cálida corriente de aire que atravesaba el espacio vacío de una forma parecida a la vorágine del salón de baile, cuando desde la entrada del salón llegó un elevado murmullo de voces. Los disfraces multicolores aletearon como mariposas hacia un punto concreto, y hubo una acumulación de colores brillantes y joyas relucientes. Un gran número de delicados, emplumados y jóvenes cuellos se alargaron y las cabezas se volvieron; la gente se puso de puntillas y de inmediato la multitud se hizo a un lado. Se abrió un pequeño pasillo, por el que avanzó hasta el centro de la sala blanca y dorada una figura espantosa que se movía con pesadez, con un rostro enrojecido y ausente bajo un inmenso tocado de raso deslucido, y que arrastraba una falda de seda de un lila desvaído sobre un enorme miriñaque torcido. Los pies se deslizaban enfundados en botines rotos; el roñoso manguito de piel de conejo oscilaba al ritmo de los vacilantes pasos; y entonces, bajo la gran lámpara de araña, la criatura se detuvo de pronto y miró pausadamente a su alrededor, con los ojos abiertos de par en par y una mirada vidriosa de demente.

Era Sora Lena.

En ese momento, todo el salón estalló en aplausos, como en una tormenta perfecta.

Cecchino Bandini no aminoró el paso hasta encontrarse, con su fino abrigo y su clac empapados, entre los reflejos del gas y los charcos de delante de la puerta de su estudio; aquel estruendoso aplauso y la oleada de palmadas lo habían perseguido mientras bajaba por la escalera del palacio y a través de las calles lluviosas. Quedaban algunas brasas en su estufa; le arrojó un tronco, se encendió un cigarrillo y procedió a reflexionar con el clac mojado todavía en la cabeza. Había sido un idiota, un bruto. Se había comportado como un niño al pasar corriendo junto a su anfitriona y responder de manera ridícula a sus preguntas: «Me voy pitando porque la mala suerte acaba de entrar en su casa».

¿Cómo no lo había deducido de inmediato? ¿Por qué otro motivo iba a querer ella aquel retrato?

Decidió olvidarse del asunto y, tal como imaginaba, lo olvidó. Pero cuando, al día siguiente, descubrió en el periódico vespertino dos columnas dedicadas a describir el baile de *madame* Fosca, y más en concreto «esa máscara —en palabras del periodista— que, entre tantas otras de suma gracia e ingenio, triunfó llevándose la palma a la novedad más ingeniosa», arrojó el periódico al suelo y le dio una patada en dirección a la caja de la leña. Sin embargo, no tardó en avergonzarse de sí mismo, así que lo recogió, lo alisó y se lo leyó entero y a conciencia: noticias nacionales e internacionales, e incluso la descripción del baile de máscaras de *madame* Fosca. Lo último que leyó, con detenimiento y terca determinación, fue la columna de sucesos: un niño al que un perro que no tenía la rabia había mordido en la pantorrilla; el atraco frustrado a una panadería; incluso los manojos de llaves, el paraguas y dos cajas de puros encontrados por la policía, y confinados en el consiguiente limbo municipal; hasta que llegó a las siguientes frases: «Esta mañana, los Guardianes de la Seguridad Pública, tras ser llamados por los habitantes del vecindario, entraron en una habitación en el piso superior de una casa ubicada en el callejón del Enterrador (Viccolo del Beccamorto) y encontraron el cadáver de Maddalena X. Y. Z., colgado de una viga. La fallecida era conocida desde hace tiempo en Florencia por la excentricidad de sus costumbres y de su atuendo». El párrafo estaba encabezado por un titular con letras más grandes: «Suicidio de una loca».

Aunque el cigarrillo de Cecchino se había consumido, él seguía dándole caladas. Con los ojos de la imaginación veía una figura alta y delgada, ataviada con terciopelo plateado y pieles plateadas, de pie junto a un portafolio abierto al tiempo que sostenía un dibujo con su pequeña mano, con un fino y solitario brazalete de oro sobre su guante gris.

Madame Krasinska estaba de muy mal humor. La anciana canonesa, tía de su marido fallecido, lo notó; sus invitados lo notaron, su doncella lo notó e incluso ella lo notó. Pues *madame* Krasinska —Netta, como la llamaban cariñosamente sus distinguidos allegados— era, de entre todos los seres humanos, la persona menos propensa al malhumor. Su alegría era tan constante como la que se supone a los pájaros, y sin duda no tenía ninguno de los motivos para estar inquieta o triste que hasta el más proverbial de los pájaros debe de tener de vez en cuando. Siempre había disfrutado de dinero, salud y belleza, y la gente siempre le había dicho —en Nueva York, en Londres, en París, Roma y San Petersburgo—, desde su más tierna infancia, que su único objetivo en la vida era divertirse. El viejo caballero al que había aceptado sencilla y alegremente como marido, porque le había regalado grandes cantidades de bombones y le iba a regalar grandes cantidades de diamantes, se había portado bien con ella, sobre todo al morir de una repentina bronquitis mientras pasaba un mes de viaje, dejando a su joven viuda con un recuerdo afectuoso aunque indiferente de él, ningún remordimiento de ninguna clase y una gran cantidad de dinero, por no hablar de la excelente canonesa, que constituía una acompañante inestimable. Y, desde su feliz fallecimiento, nada había turbado la alegría de la vida y las emociones de *mada-*

me Krasinska. Sabía que otras mujeres tenían una reta-híla de motivos para la desdicha o, si no tenían ninguno, eran desdichadas porque los deseaban. Algunas tenían hijos que las hacían infelices, otras eran infelices por la falta de hijos, igual que de amantes; pero ella nunca había tenido ni hijos ni amantes, y nunca había experimentado el menor deseo de tenerlos. Otras mujeres sufrían de insomnio, o de exceso de sueño, y tomaban morfina o se abstenían de ella con similares molestias; y también había algunas que se cansaban de la diversión. Pero *madame* Krasinska siempre dormía como una niña y siempre tenía un ánimo alegre cuando estaba despierta; y nunca se cansaba de divertirse. Tal vez fuera todo esto lo que culminara en el hecho de que *madame* Krasinska jamás en toda su vida hubiera envidiado ni hubiera sentido antipatía por nadie y que, en apariencia, nadie la hubiera envidiado ni hubiera sentido antipatía por ella. No deseaba hacer sombra o suplantar a nadie; no quería ser más rica, más joven, más hermosa o más adorada que nadie. Lo único que quería era divertirse, y lo conseguía con éxito.

Ese día en particular —el día posterior al baile de *madame* Fosca—, *madame* Krasinska no se estada divirtiendo. No estaba en absoluto cansada, nunca lo estaba; además, se había quedado en la cama hasta mediodía; tampoco se encontraba mal, pues era algo que tampoco le pasaba nunca, y nadie había hecho nada que pudiera irritarla. Y sin embargo esa era la realidad. No se estaba divirtiendo en absoluto. No era capaz de decir por qué, y tampoco por qué se sentía también vagamente desdichada. Después de que el primer grupo de visitantes vespertinos se marchara, y de que a los siguientes se los despidiera en la puerta, arrojó al suelo su volumen de Gyp y se acercó a la ventana. Estaba lloviendo; una llovizna primaveral fina y constante. Tan solo unos cuantos carruajes de alquiler, con las capotas mojadas y relucientes, y algún que otro ómnibus y carro pasaban por la calle tirados por jadeantes, agotados y cabizbajos caballos. En un par de tiendas se había encendido una luz, que resultaba minúscula, borrosa y absurda en la tarde gris. *Madame* Krasinska se quedó mirando varios minutos y luego, tras darse súbitamente la vuelta, se abrió paso entre las grandes hojas de palmera y las azaleas, y llamó al timbre.

—Que me preparen la berlina de inmediato —ordenó.

Bajo ningún concepto habría sido capaz de encontrar un motivo coherente que la impulsara a salir a la calle. Cuando el lacayo quiso saber cuáles eran sus órdenes, se sintió perdida: sin duda no quería ir a ver a nadie, ni comprar nada ni enterarse de nada.

¿Qué era lo que quería? *Madame* Krasinska no tenía por costumbre salir con la berlina bajo la lluvia por placer; y mucho menos salir sin saber adónde. ¿Qué era lo que quería? Permaneció sentada envuelta en sus mullidas pieles y contempló las calles mojadas y grises mientras la berlina traqueteaba sin rumbo. Quería… Quería… No sabía decirlo. Pero lo quería con todas sus fuerzas, eso sí lo sabía: quería algo. La lluvia, las calles mojadas, los cruces embarrados… ¡Ah, qué lúgubres le resultaban! Y aun así, deseaba seguir adelante.

Dejándose guiar por su instinto, su agradable cochero tomó las calles más agradables hasta llegar al agradable Lung'Arno. El embarcadero del río estaba desierto, y un viento cálido y húmedo soplaba perezosamente sobre sus adoquines embarrados. *Madame* Krasinska bajó el cristal. ¡Qué deprimente! Desde la alta chimenea de la fundición de la otra orilla, se elevaban chispas rojas que se perdían en el cielo gris; se oía el murmullo del agua tras el dique; un farolero pasó apresuradamente.

Madame Krasinska tiró del cordel para avisar al cochero.

—Quiero caminar —lo informó.

El educado lacayo la siguió a través de los sucios adoquines, llenos de barro y charcos; y la berlina los siguió a los dos. *Madame* Krasinska no tenía en absoluto la costumbre de caminar por el muelle, y menos aún de caminar bajo la lluvia.

Al cabo de unos minutos volvió a meterse en la berlina y le indicó al cochero que fuera a casa. Cuando se adentraron en las calles iluminadas, tiró de nuevo del cordel y le ordenó que avanzara al paso. Al pasar por cierto punto recordó algo y le pidió al cochero que se parara delante de una tienda. Era la gran botica.

—¿Qué desea la *signora* condesa? —preguntó el lacayo al tiempo que se levantaba el sombrero por encima de la oreja.

Por alguna razón, ella lo había olvidado.

—Ay —contestó—, espere un momento. Ahora lo recuerdo; es la siguiente tienda, la floristería. Dígales que mañana envíen azaleas frescas y se lleven las viejas.

A pesar de que las azaleas se habían cambiado esa misma mañana, el educado lacayo obedeció. Y *madame* Krasinska permaneció acurrucada durante un minuto bajo su manta de pieles, mirando hacia el pavimento mojado, bañado por el reflejo amarillo de la luz, y al escaparate de la botica. Allí estaban los protectores de pecho rojos en forma de corazón, los guantes de fricción, las toallas de baño, todas colgadas en su sitio. Y también las cajas de agua de colonia, muchas botellas de todos los tamaños, así como cajas grandes y pequeñas, artículos de naturaleza y uso indescriptibles, y los grandes frascos de cristal amarillo, azul, verde y rojo rubí, con un destello en el centro originado por la luz de la lámpara de gas que había detrás. Lo observó todo con gran atención, sin saber qué eran todos aquellos objetos. Lo único que sabía era que los frascos de cristal tenían un brillo insólito y que cada uno tenía un rubí, un topacio o una esmeralda gigantes en su centro. El lacayo regresó.

—A casa —ordenó *madame* Krasinska.

Mientras su doncella la ayudaba a quitarse el vestido, le vino a la cabeza un pensamiento —el primero desde hacía mucho rato— al ver una falda, así como una tosca máscara de cartón, en el suelo de una esquina de su vestidor. Qué raro que esa tarde no hubiera visto a Sora Lena; a esas horas, siempre solía caminar por las calles iluminadas.

V

A la mañana siguiente, *madame* Krasinska se despertó bastante animada y contenta. No obstante, no tardó en notar, como le sucedía desde el día posterior al baile Fosca, cómo la embargaba aquella depresión inexplicable y sin precedentes. Sus días estaban salpicados, por así decirlo, de momentos en los que le resultaba imposible divertirse; y poco a poco, estos momentos se convirtieron en horas. La gente la aburría sin motivo aparente, y cosas que siempre le habían producido placer acarreaban consigo una sensación vaga o más nítida de desdicha. Así, en medio de un baile o una cena, se veía invadida de pronto por una desconcertante tristeza o el presagio de algo malo, no sabía cuál de las dos cosas. Y en una ocasión, tras recibir una caja llena de ropa nueva desde París, se vio asolada, mientras se probaba uno de los vestidos, por un ataque de llanto que la obligó a meterse en la cama en lugar de ir a la fiesta de los Tornabuoni.

Por supuesto, la gente comenzó a fijarse en su cambio; de hecho, la propia *madame* Krasinska se había lamentado con candidez de la extraña alteración que experimentaba. Varias personas sugirieron que tal vez padeciera septicemia y la instaron a preguntar por el estado de las cañerías. Otros le recomendaron arsénico, morfina o antipirina. Una bondadosa amiga le trajo una caja de cigarrillos peculiares; otra le envió un paquete de novelas todavía más peculiares; la mayoría de la gente tenía un médico al que ponía por los cielos y uno o dos le sugirieron que cambiara de confesor, por no hablar del intento de hipnotizarla para que recuperara la alegría.

Al mismo tiempo, en cuanto ella les daba la espalda, todas esas bondadosas amistades discutían la posibilidad de que hubiera sufrido un desengaño amoroso, hubiese perdido dinero en la bolsa u otras explicaciones similares. Y mientras una dama abnegada trataba de sonsacarle el nombre de su amante infiel y de la rival a cuyas manos lo había perdido, otra le aseguraba que sufría por falta de afecto. Era una ocasión excelente para el despliegue de beatería, materialismo, idealismo, realismo, saber psicológico popular y teosofía esotérica.

Extrañamente, todo aquel celo alrededor de su persona no molestaba a *madame* Krasinska, como creía que sin duda habría molestado a otras mujeres. Tomaba un poco de cada uno de los tónicos o los medicamentos para dormir; y leía un poco de cada una de esas novelas empalagosas y sentimentales, brutales o amablemente inapropiadas. También dejó que la acompañaran a visitar a varios doctores, se levantaba temprano por la mañana y permanecía de pie sobre una silla durante una hora, en medio del gentío, para beneficiarse de los sermones del famoso padre Agostino. Mostraba paciencia incluso con los amigos que la consolaban por su amante o por su falta de uno. Y es que *madame* Krasinska se fue volviendo cada vez más indiferente a todas estas cosas, irrealidades que no tenían peso alguno ante la dolorosa realidad.

Dicha realidad consistía en que estaba perdiendo a pasos agigantados su capacidad de divertirse y, cuando de vez en cuando lo conseguía, tenía que pagar lo que ella denominaba ese «buen rato» con una exacerbación de su languidez y melancolía.

No era la misma languidez o melancolía de la que se lamentaban otras mujeres. Estas tenían la sensación, cuando las asaltaba uno de sus ataques de tristeza, de que el mundo que las rodeaba se equivocaba en todo o, cuando menos, se desvivía por amargarles la existencia. *Madame* Krasinska, en cambio, veía con bastante claridad que el mundo seguía adelante como siempre y que era tan bueno como antes. Era ella la que estaba mal. En un sentido literal de las palabras, suponía que era a lo que se refería la gente cuando decía que tal o cual persona «no era ella misma», aunque tal o cual persona, si se analizaba a fondo, sí parecía ser ella misma, solo que de peor humor que el habitual. Mientras que ella... Bueno, en su caso, era cierto que ya no parecía ser ella misma. En una ocasión, en una cena de gala, dejó de pronto de comer y hablar con el comensal sentado a su lado, y se descubrió pensando quién era toda aquella gente y a qué habían venido. De vez en cuando, se le quedaba la mente en blanco; un vacío lleno de imágenes vagas, difusas e imprecisas, que era incapaz de identificar pero sabía que eran dolorosas, y que le pesaban como una ponderosa carga debe pesar sobre la cabeza o la espalda. Algo había ocurrido, o estaba a punto de ocurrir, no podía asegurarlo, pero de todos modos rompía a llorar. Si, cuando se encontraba en uno de esos estados de ánimo, un visitante o un criado entraba en la estancia, en ocasiones les preguntaba quiénes eran. Una vez, un hombre fue a verla durante uno de esos ataques; con gran esfuerzo, ella fue capaz de recibirlo y contestar a su charla intrascendente más o menos al azar, aunque en todo momento tuvo la sensación de que otra persona hablaba en su lugar. Al final, el visitante se puso en pie para marcharse y ambos se quedaron un momento parados en el centro de la sala.

—Esta casa es muy hermosa; debe de pertenecer a alguien muy rico. ¿Sabe quién es el dueño? —comentó de improviso *madame* Krasinska al tiempo que recorría pausadamente con la mirada los muebles, los cuadros, las estatuillas, los adornos, los biombos y las plantas—. ¿Sabe quién es el dueño? —repitió.

—La dueña es la dama más encantadora de Florencia —balbuceó el visitante en tono cortés, antes de huir.

—Querida Netta —exclamó la canonesa desde su asiento junto al fuego, donde tejía con benevolencia prendas inservibles—, no deberías bromear de esa manera. Tus disparates han puesto al pobre joven en una situación dolorosa, muy dolorosa.

Madame Krasinska apoyó los brazos en un biombo y se quedó mirando a su respetable pariente.

—Tú tienes aspecto de buena mujer —dijo al cabo—. Eres vieja, pero no pobre, y a ti no te llaman loca. Eso lo cambia todo.

Entonces se puso a cantar —al tiempo que tamborileaba el ritmo de la melodía sobre el biombo— la canción del soldado del año 59, *Addio, mia bella, addio.*

—¡Netta! —exclamó la canonesa, dejando caer un ovillo de estambre tras otro—. ¡Netta!

Pero *madame* Krasinska se limitó a pasarse la mano por la frente y dejó escapar un profundo suspiro. Luego cogió un cigarrillo de una bandeja de esmalte alveolado, introdujo una pajuela en el fuego y preguntó:

—¿Quieres coger la berlina para ir a ver a tu amiga en el Sagrado Corazón, tía Thérèse? Yo he prometido esperar a Molly Wolkonsky y Bice Forteguerra. Vamos a cenar en Doney's con el joven Pomfret.

VI

Madame Krasinska había repetido sus salidas vesperti-
nas en berlina bajo la lluvia. De hecho, también empezó a caminar sin importarle el tiempo que hiciera. Su
doncella le preguntó si el médico le había prescrito que
hiciera ejercicio y ella le contestó que sí. Sin embargo,
la doncella no le preguntaba por qué no paseaba por el
parque de Cascine o el Lung'Arno, ni por qué escogía
siempre las calles más embarradas. Lo cierto es que *madame* Krasinska jamás mostraba repulsión o un decoro-
so arrepentimiento por el estado astroso en que regresaba a casa; a veces, cuando la mujer le desabrochaba las
botas, se quedaba contemplando el barro que las cubría
y murmuraba cosas que Jefferies era incapaz de entender. Los criados, en efecto, comentaban que la condesa
debía de haber perdido la cabeza. El lacayo contaba que
su señora hacía parar la berlina para bajarse y mirar los
escaparates iluminados, mientras él se veía obligado a
seguirla para evitar que los jóvenes donjuanes de baja
estofa le susurraran zalamerías al oído. Y en una ocasión, declaró horrorizado, se había detenido delante de
un mesón barato y se había quedado mirando los manojos de espárragos y las chuletas crudas expuestas en
el escaparate. Y luego, añadió el lacayo, se había dado la
vuelta lentamente hacia él y le había dicho:

—Parece que aquí tienen buena comida.

Mientras tanto, *madame* Krasinska asistía a cenas y

fiestas, y las celebraba, y también organizaba pícnics, tantos como la decencia permitía el Miércoles de Ceniza e incluso más.

Ya no se lamentaba de su tristeza; aseguraba a todo el mundo que se había librado por completo de ella y que jamás en su vida se había sentido más animada. Lo decía tan a menudo, y con tanto entusiasmo, que los más juiciosos declararon que sin duda ahora su amante sí que la había plantado, o que sus inversiones en la bolsa la habían dejado al borde de la ruina.

Más aún, el estado de ánimo de *madame* Krasinska se desmandó de tal manera que acabó por cambiarla de formas diversas. A pesar de formar parte de un grupo social que llevaba una vida disipada, *madame* Krasinska nunca había sido una mujer disoluta. Había en su naturaleza algo infantil que la hacía modesta y decorosa. Nunca había aprendido a hablar en jerga, adoptar actitudes vulgares ni contar historias imposibles; y nunca había perdido la absurda costumbre de ruborizarse ante expresiones y anécdotas que no reprobaba que otras mujeres utilizaran o relataran. Sus distracciones jamás habían estado sazonadas con ese toque de impudicia, de curiosidad por el mal, que era habitual entre su grupo de amistades. Le gustaba ataviarse con bonitos vestidos, decorar la casa con bonitos muebles, viajar en carruajes elegantes, disfrutar de buenas cenas, reír mucho y bailar mucho; eso era todo.

Pero ahora, *madame* Krasinska había cambiado de

improviso. De pronto, empezó a anhelar aquellas sensaciones exóticas que las mujeres decorosas podían experimentar estudiando los comportamientos, y frecuentando las guaridas, de mujeres que no eran en absoluto decorosas. Congregaba grupos para ir a los teatros y espectáculos de variedades de poca alcurnia; proponía a otros espíritus aventureros que se disfrazaran y fueran a pasear de noche por las zonas de más dudosa reputación de la ciudad. Es más, ella, que jamás había tocado una baraja de cartas, empezó a apostar grandes sumas y a sorprender a la gente al sacarse del bolsillo un paño verde doblado y una ruleta en miniatura. Sus coqueteos se volvieron tan agresivos y descarados (ella, que jamás había coqueteado), y sus actitudes y comentarios se volvieron tan escandalosos y extravagantes, que sus buenos amigos empezaron a atreverse a hacerle algún que otro reproche...

Pero cualquier reproche era en vano, y la condesa se limitaba a echar la cabeza hacia atrás y reír con cinismo, para después contestar en tono desvergonzado y chillón.

Y es que *madame* Krasinska tenía la sensación de que debía vivir, vivir escandalosamente, vivir licenciosamente, vivir su propia vida de riqueza y desenfreno, porque...

Se despertaba en plena noche atenazada por el horror de esa sospecha. Y durante el día se tiraba de la ropa, se deshacía el peinado y corría al espejo para contemplarse y buscar cualquier rasgo, aferrarse a cualquier hebra de seda, pedazo de encaje o mechón de pelo que demostrara que era de verdad ella misma. Porque poco a poco, paulatinamente, había acabado por entender que ya no lo era.

Ella misma… Bueno, sí, por supuesto que era ella misma. ¿Acaso no era ella la que corría de aquí para allá en un torbellino de diversión?; y ¿no eran sus mejillas sonrosadas y sus ojos brillantes, y su cuello y su escote cínicamente ostentosos los que veía en el espejo?; ¿no era su propia voz burlona y chillona y su risa estridente las que escuchaba? Además, ¿acaso no la conocían sus criados y visitantes como Netta Krasinska, y no era ella la que sabía cómo vestirse, bailar, gastar bromas y dar esperanzas a los hombres, para luego rechazarlos? Esto, se decía a sí misma a menudo, mientras permanecía despierta durante largas noches, o salía en noches aún más largas a apostar y bromear, confirmaba sin lugar a dudas que era de verdad ella misma. Y se lo repetía mentalmente cuando regresaba, embarrada, agotada, como si se acabara de despertar de un sueño espantoso, de uno de sus largos vagabundeos por las calles, de sus paseos diarios a la estación.

Y aun así… ¿Qué pasaba con aquellos extraños pálpitos de algo funesto, con aquellos miedos confusos a una terrible desgracia…, algo que había ocurrido, o que iba a ocurrir…, pobreza, hambre, muerte…? ¿Su propia muerte? ¿La de otra persona? Aquella certeza de que todo todo había terminado; aquel golpe cegador y fulminante que la aplastaba de vez en cuando... Sí, lo había sentido la primera vez en la estación de tren. ¿En la estación? Pero ¿qué había ocurrido en la estación? ¿O todavía tenía que ocurrir? Pues cada día sus pies parecían llevarla de manera inconsciente a la estación. ¿Qué era todo aquello? ¡Ah! Lo sabía. Había una mujer, una mujer mayor, que iba a la estación a recibir a... Sí, a recibir al regimiento que volvía a casa. Regresaban, esos soldados, en medio de una multitud que vitoreaba su triunfo. Recordaba las luces, los faroles rojos, verdes y blancos, y las guirnaldas que cubrían las salas de espera. Y montones de banderines. Las bandas tocaban. ¡Con tanto júbilo! Tocaban el *Himno de Garibaldi* y *Addio, mia bella*. Ahora, esas piezas la hacían llorar. La estación estaba abarrotada y todos los chicos, con sus uniformes raídos y sucios, corrían a los brazos de sus familiares, mujeres, amigos. Entonces hubo una especie de luz cegadora, un estallido... Un oficial acompañó afuera con amabilidad a la anciana, mientras se secaba los ojos. Y de entre todos los presentes, ella era la única que se iba sola a casa. ¿Había ocurrido todo aquello en realidad? Y ¿a quién? ¿Le había ocurrido de verdad a ella, a sus chicos...? Pero *madame* Krasinska jamás había tenido hijos.

Era espantoso lo mucho que llovía en Florencia; y los botines se estropeaban muy rápido con el barro. Había tanto barro de camino a la estación..., pero, por supuesto, era necesario ir a la estación para esperar la llegada del tren procedente de la Lombardía; alguien tenía que recibir a los chicos.

Al otro lado del río, había un lugar al que ibas y entregabas tu reloj y tu broche por encima del mostrador, y ellos te daban dinero y un papel. Una vez, el papel se perdió. Luego hubo también un colchón. Pero un hombre muy gentil —un hombre que vendía quincalla— fue a recogerlo. En invierno hacía un frío de mil demonios, pero lo peor era la lluvia. Y al no disponer de reloj, una temía llegar tarde para el tren, y se veía demorada durante mucho rato en las calles embarradas. Claro que así podía contemplar los bonitos escaparates. Aunque los niños eran muy groseros. Ah, no, no, eso no; cualquier cosa es preferible a que te encierren en un hospital. La pobre anciana no hacía daño a nadie; ¿por qué encerrarla?

—*Faites votre jeu, messieurs* —exclamó *madame* Krasinska, recogiendo las fichas con el pequeño rastrillo que había encargado, hecho de carey y con un mango de oro en forma de cabeza de dragón—. *Rien ne va plus… Vingt-trois… Rouge, impair et manque.*

VII

¿Cómo había llegado a saber de la existencia de esa mujer? Jamás había estado dentro de aquella casa encima del estanco, en el tercer piso a la izquierda, y, sin embargo, conocía a la perfección el diseño del papel de pared. Era verde, con un enrejado rosáceo, en el distinguido salón, el que solo se abría los domingos por la tarde para recibir a los amigos que se dejaban caer para discutir las noticias y jugar una partida de *tresette*. Para acceder a él, había que cruzar el comedor. En el comedor no había ventanas y la única luz provenía de un tragaluz; en el aire flotaba siempre un vestigio de olor a comida, pero era apetecible. Las habitaciones de los chicos estaban al fondo. Había una figura de yeso de Juana de Arco en el pasillo, junto a las pinzas de tender. La habían pintado de color plateado y uno de los chicos le había roto un brazo, de modo que parecía una tubería de gas. Era Momino quien lo había hecho, al saltar sobre la mesa en la que jugaban. Momino siempre era el más bribonzuelo; desgastaba montones de pantalones por las rodillas, pero ¡tenía un corazón enorme! Y, al fin y al cabo, había ganado todos los premios posibles en el colegio y todos decían que sería un ingeniero de primera. ¡Esos niños adorables! En cuanto cumplieron los dieciséis, no le costaron a su madre ni un penique, y Momino le compró un gran y bonito manguito con lo que ganaba como aprendiz de profesor. ¡Aquí está! Es tan cómodo de llevar cuando hace frío que no te lo puedes imaginar, sobre todo cuando los guantes son demasiado caros. Sí, es de pelo de conejo, pero confeccionado para que parezca de armiño; es una pieza espléndida. Assunta, la factótum de la casa, nunca limpiaba esa cocina suya; ¡las criadas son todas una putas! Y además desgarró la funda de muaré del sofá, que se le enganchó a un clavo de la pared. ¡Tendría que haberse fijado en ese clavo! Aunque no hay que ser demasiado dura con una pobre desgraciada que, para colmo, es huérfana. ¡Ay, Dios!, ¡ay, Dios!, y yacen en la gran trinchera de San Martino, sin ni siquiera una cruz sobre ellos o un pedazo de madera con su nombre. ¡Pero las casacas blancas de los austríacos acabaron empapadas de sangre, lo garantizo! Y el nuevo tinte que llaman magenta está hecho con albero —el albero con el que los perros lavan sus casacas blancas— y la sangre de los austríacos. Es un tinte espléndido, ¡no cabe duda!

Señor, Señor, ¡qué mojados tiene los pies la pobre anciana! Y no hay fuego que pueda calentarlos. Lo mejor cuando no puedes secarte la ropa es meterse en la cama, y además así se ahorra aceite de la lámpara. Es un aceite muy bueno, que le regaló el cura de la parroquia… Ay, ay, ¡cómo duelen los huesos sobre los tablones de madera, incluso con una manta sobre ellos! ¡Aquel colchón tan y tan bueno, en la casa de empeños! Es una memez lo que dicen de que han derrotado a los italianos. Son los austríacos los derrotados, hechos picadillo, convertidos en carne para gato; y los voluntarios regresan mañana. Temistocle y Momino —Momino es el diminutivo de Girolamo, verás— volverán mañana; sus cuartos ya están limpios y podrán disfrutar de una copa de verdadero vino de Montepulciano... Las grandes botellas del escaparate de la botica son muy bonitas, sobre todo la verde. La tienda en la que venden guantes y bufandas también es muy bonita; pero la botica inglesa es la más bonita, gracias a esas botellas. Aunque dicen que el contenido es un engañabobos, no medicina real... ¡No me hables de San Bonifazio! Lo he visto. Es donde encierran a los locos y a las desgraciadas, sucias y malvadas, malvadas ancianas... Había un bello libro encuadernado en rojo, con los bordes dorados, en la mejor mesa de la sala: la *Eneida*, traducida por Caro. Era uno de los premios de Temistocle. Y ese cojín de lana de Berlín... Sí, el perrito con las cerezas parecía muy real...

—He estado pensando que me gustaría ir a Sicilia a ver el Etna, Palermo; todos esos sitios —dijo *madame* Krasinska, apoyada en la balaustrada del balcón junto al príncipe Mongibello, mientras se fumaba su quinto o sexto cigarrillo.

La condesa distinguía la odiosa nariz aguileña, como un desagradable pico de halcón, sobre la abundante barba negra, y los lascivos y anhelantes ojos negros, que miraban hacia arriba en el crepúsculo. Sabía muy bien qué clase de hombre era Mongibello. Ninguna mujer podía acercarse a él, o permitir que él se acercara a ella; y ahí se encontraba la condesa, a solas con él en el balcón en medio de la oscuridad, lejos del resto del grupo, que bailaba y charlaba dentro. ¡Y hablar de Sicilia con él, que era siciliano! Pero eso era lo que deseaba: un escándalo, un horror, cualquier cosa que pudiera aplacar aquellos pensamientos que le martilleaban la mente… La idea de aquel edificio extraño, elevado y encalado que nunca había visto, pero que tan bien conocía, con un altar en el centro e hileras y más hileras de camas, cada una con sus correspondientes botellas y cestas, y horrendas ancianas babeantes y balbucientes. Ah…, ¡si hasta podía oírlas!

—Me gustaría ir a Sicilia —insistió en un tono que ahora era el habitual en ella, y añadió pausadamente, con énfasis—: pero me gustaría que me acompañara alguien que me mostrara todas las vistas…

—Condesa —y la barba morena de la criatura se inclinó hacia ella, sobre su cuello—, qué curioso; yo también siento un gran deseo de volver a visitar Sicilia, pero no solo. Todos esos valles, tan encantadores y solitarios…

¡Ah! Una de las criaturas se había incorporado en su cama y cantaba, ¡cantaba *Casta Diva*!

—No, sola no —se apresuró a continuar la condesa, y una especie de furia satisfecha (la satisfacción de arruinar algo, de arruinar su propia reputación, su propia vida) la inundó al tiempo que notaba la mano del hombre sobre su brazo—; sola no, príncipe; con alguien que me explique las cosas, alguien que lo sepa todo; y con este maravilloso tiempo primaveral. Verá, soy muy mala viajera y tengo miedo… de estar sola… —Las últimas palabras salieron de su garganta en un tono fuerte y ronco y, sin embargo, sonaron quebradas y chillonas.

Y justo cuando el brazo del príncipe estaba a punto de rodearla, la condesa se dirigió desenfrenadamente al interior al tiempo que exclamaba:

—Ay, soy ella… Soy ella… ¡Estoy loca!

Pues en esa voz repentina, tan distinta de la suya, *madame* Krasinska había reconocido la voz que debería haber salido de la máscara de cartón que había llevado en una ocasión: la voz de Sora Lena.

VIII

Sí, sin duda ahora Cecchino la reconocía. Mientras paseaba por las viejas y tortuosas calles en el húmedo crepúsculo de mayo, había contemplado maquinalmente los enormes caballos negros que se detenían junto a los postes que cerraban el laberinto de callejones oscuros y angostos; el criado con su impermeable blanco había abierto la puerta y la alta y esbelta mujer bajó y echó a andar con rapidez. Y maquinalmente, con su habitual actitud ensimismada, él había seguido a la dama, deleitándose con la cautivadora nota de delicado rosa y gris de su vestidito en contraste con las casas oscuras y bajo el cielo húmedo y gris, teñido con las franjas rosas de la puesta de sol. Ella avanzaba a buen paso, totalmente sola, pues el lacayo se había quedado con el carruaje a la entrada del condenado corazón antiguo de Florencia, y no prestaba atención a las miradas y palabras de los niños que jugaban en las alcantarillas, los vendedores ambulantes que resguardaban sus puestos bajo los arcos oscuros y las mujeres que se asomaban a las ventanas. Sí, no cabía duda. Se había dado cuenta de golpe, al verla pasar bajo un arco doble y entrar en una especie de patio grande, muy parecido al de un castillo, entre las ceñudas y altas casas del viejo barrio judío; casas con blasones y soportales, que en el pasado habían sido el hogar de nobles gibelinos y ahora estaban en manos de traperos, chatarreros y otras profesiones innombrables.

En cuanto la reconoció, se detuvo y estuvo a punto de dar media vuelta; ¿qué se le había perdido a un hombre siguiendo a una dama, espiando sus actividades cuando ella sale en el crepúsculo, deja el carruaje y el lacayo varias calles atrás, y pasea sola por calles dudosas? Y Cecchino, que a esas alturas estaba a punto de regresar a la Maremma y había llegado a la conclusión de que la civilización era algo aburrido y aborrecible, reflexionó acerca de los encargos que, según describen las novelas francesas, llevan a cabo las damas cuando dejan su carruaje y su lacayo al doblar la esquina... Sin embargo, la idea era deshonrosa para Cecchino e injusta para aquella dama; ¡no, no! Y en ese preciso instante se detuvo, porque la dama se había detenido varios pasos por delante de él y miraba fijamente el cielo gris del ocaso. Había algo extraño en esa mirada; no era la de una mujer que oculta actividades deshonrosas. Y al mirar a su alrededor, ella debió de ver al pintor, pero se quedó inmóvil, como si estuviera sumida en pensamientos incontrolables. Entonces, de repente, pasó bajo el siguiente arco y desapareció en el oscuro pasaje de acceso a una casa. Por algún motivo, Cecco Bandini fue incapaz de tomar la decisión de dar media vuelta, como debería haber hecho rato atrás. Pasó lentamente bajo el rezumante y hediondo arco y se detuvo frente a la casa. Era muy alta, estrecha y negra como la tinta, con un tejado serrado que se dibujaba contra el cielo mojado y rosáceo. Del gancho de hierro, destinado a sujetar brocados y alfombras persas en las celebraciones de antaño, colgaban varios trapos obscenos y de mal agüero que ondeaban al viento. Muchos de los cristales de las ventanas estaban rotos. Era evidente que se trataba de una de las casas que el ayuntamiento había condenado a la demolición por motivos de salubridad, y a cuyos inquilinos se estaba desahuciando gradualmente.

—Esa es la casa que van a echar abajo, ¿verdad? —le preguntó con actitud despreocupada el pintor al hombre que había en la esquina, y que tenía una especie de puesto de comida en el que un pudin de castañas y unas alubias cocidas humeaban en un brasero, dentro de un cubil. Entonces reparó en un nombre medio borrado junto a la farola: «Callejón del Enterrador»—. Ah —se apresuró a añadir—, esta es la calle donde se suicidó Sora Lena… y… ¿esa… esa es la casa?

En un intento de extraer una idea razonable del extraordinario embrollo de absurdidades que de repente le había invadido la cabeza, rebuscó en su bolsillo, sacó una moneda de plata y le dijo con celeridad al hombre con el brasero:

—Verá usted, estoy seguro de que los inquilinos de esa casa no son de fiar. Esa dama ha entrado para realizar una obra de caridad, pero… pero quién sabe si no la van a molestar ahí dentro. Tenga, cincuenta céntimos por las molestias. Si esa dama no ha salido en tres cuartos de hora… ¡Mire! Van a dar las siete… Solo tiene que doblar la esquina para ir a los puestos de piedra. Allí encontrará su carruaje: caballos negros y libreas grises; dígale al lacayo que suba a buscar a su señora. ¿Me ha entendido?

Y a continuación Cecchino Bandini huyó, abrumado por la indiscreción que estaba cometiendo. Al volverse, vio esos trapos que le dedicaban un saludo siniestro desde la casa negra y adusta, con su tejado irregular que se recortaba contra el cielo húmedo del crepúsculo.

IX

Madame Krasinska recorrió apresuradamente el largo y oscuro pasillo, con sus ladrillos resbaladizos y su olor a tifus, y subió poco a poco pero con decisión la escalera oscura. Los peldaños, construidos tal vez en la época del abuelo de Dante, cuando los únicos adornos de las damas florentinas eran las hebillas de asta y los cinturones de cuero, eran extraordinariamente altos y tenían los bordes desgastados por las incontables generaciones de nobles y mendigos que los habían pisado. La escalera se enroscaba sobre sí misma y estaba iluminada a intervalos poco frecuentes por ventanas enrejadas que se abrían de manera alternativa a la plaza oscura de fuera, con los dientes de sus tejados voladizos, y a un patio oscuro, con un pozo roto rodeado de un montón de plumas de gallina a medio clasificar y trapos descosidos. En el primer descansillo había una puerta abierta, oculta en parte por una hilera de ropa raída tendida, y por ella salían los estridentes sonidos de una disputa y fragmentos de una canción achispada. *Madame* Krasinska hizo caso omiso y siguió adelante, mientras la parte delantera de su delicado vestido barría la mugre invisible de aquellos peldaños negros, cuyo frío y oscuridad de cripta desprendían un hedor creciente a osario. Cada vez más arriba, tramo tras tramo de escalera, peldaños y más peldaños. No miraba ni a derecha ni a izquierda, y no se paró a tomar aliento sino que continuó subiendo sin prisa pero sin pausa. Al final llegó al descansillo superior, sobre el que se derramaba un rayo parpadeante de sol poniente. Este salía de una habitación, cuya puerta estaba abierta de par en par. *Madame* Krasinska entró. La habitación estaba desierta y, en comparación, resultaba diáfana. No había muebles en ella, a excepción de una silla arrimada a una esquina oscura y una jaula de pájaros vacía junto a la ventana. Los cristales estaban rotos y habían cubierto aquí y allá los agujeros con papel. El papel de las paredes también colgaba en jirones ennegrecidos.

Madame Krasinska se acercó a la ventana y paseó la mirada por los tejados vecinos, hasta donde la campana de un viejo campanario negro repiqueteaba tocando la avemaría. Un poco más lejos, se veía una galería porticada en lo alto de una casa; varias plantas crecían en pequeñas ollas de barro y había también un tendedero. Lo conocía todo muy bien.

En el alféizar de la ventana había una jofaina agrietada, dentro de la cual se erguía una albahaca muerta, seca y gris. Se la quedó mirando un rato mientras escarbaba con los dedos la tierra endurecida. Luego se volvió hacia la jaula vacía. ¡Pobre estornino solitario! ¡Cómo le había cantado a la pobre anciana! Entonces se echó a llorar.

Pero al cabo de unos segundos se sobrepuso. Mecánicamente, se dirigió a la puerta y la cerró con cuidado. Después fue directa hacia la esquina oscura, donde sabía que se encontraba la silla con el asiento de paja desfondado. La arrastró hasta el centro de la habitación, donde estaba el gancho de la viga maestra, se puso en pie sobre la silla y calculó la distancia hasta el techo. Era tan bajo que podía rozarlo con la palma de la mano. Se quitó los guantes y luego el sombrero, que se interponía en el camino hasta el gancho. A continuación se desabrochó el fajín, una de esas estrechas cintas rusas tejidas con hilo de plata y nieladas. Sujetó con firmeza un extremo en el gran gancho. Luego desenrolló la tira de muselina del cuello de su vestido. Estaba de pie sobre la silla rota, justo debajo de la viga.

—*Pater noster qui es in caelis* —murmuró, como seguía haciendo puerilmente cuando apoyaba la cabeza en la almohada cada noche.

La puerta crujió y se abrió poco a poco. La enorme y corpulenta mujer, con el rostro vago y sonrojado y la mirada empañada, y con el manguito de piel de conejo que se balanceaba sobre su inmensa falda con miriñaque, entró lentamente en la habitación arrastrando los pies. Era Sora Lena.

X

Cuando el hombre del puesto de comida de debajo del arco y el lacayo entraron en la habitación, estaba oscuro como boca de lobo. *Madame* Krasinska yacía en el suelo, junto a una silla volcada y bajo el gancho de la viga del que colgaba su fajín ruso. Cuando recobró el conocimiento, echó un pausado vistazo a la estancia y luego se puso en pie, se abrochó el cuello y murmuró, al tiempo que se santiguaba:

—Oh, Dios, tu misericordia es infinita.

Los hombres dijeron que luego sonrió.

Esta es la leyenda de *madame* Krasinska, conocida como madre Antoinette Marie entre las Hermanitas de los Pobres.

MARSIAS EN FLANDES

I

—*T*iene razón. Este no es para nada el crucifijo original. Lo han reemplazado por otro. *Il y a eu substitution.* —Y el viejo y menudo anticuario de Dunes asintió con aire misterioso, al tiempo que clavaba sus ojos clarividentes en los míos.

Lo dijo en un susurro apenas audible. Resultaba que era la vigilia de la Fiesta del Crucifijo y la iglesia, que en su época había sido famosa, estaba llena de personas semiclericales que la decoraban para el día siguiente, y de viejas damas con extrañas cofias trasteando y haciendo ruido con baldes y escobas. El anticuario me había llevado allí en cuanto llegué, para que la multitud de fieles de la mañana siguiente no le impidiera mostrármelo todo.

El famoso crucifijo se exhibía tras hileras e hileras de velas sin encender; estaba rodeado de tiras de flores de papel y muselina de colores, y guirnaldas de dulce pino marino resinoso; e iluminado por dos lámparas de araña.

—Lo han reemplazado —repitió, al tiempo que miraba a su alrededor para asegurarse de que nadie lo oía—. *Il y a eu substitution.*

El caso es que yo había señalado, como habría hecho cualquiera, que a primera vista el crucifijo tenía todo el aspecto de ser una pieza francesa del siglo XII, claramente realista, mientras que lo más probable era que el crucifijo de la leyenda, obra de san Lucas y que había colgado durante siglos en el Santo Sepulcro de Jerusalén, y que más tarde el mar había arrojado milagrosamente en la costa de Dunes en 1195, fuera una figura más o menos bizantina, como su milagrosa pareja de Lucca.

—Pero ¿por qué iban a reemplazarlo? —pregunté con candidez.

—Chist —contestó el anticuario, frunciendo el ceño—; aquí no... Después, después...

Me llevó por toda la iglesia, famosa en otro tiempo por los peregrinajes pero de la que la marea de devotos, exactamente igual que el mar abandona las salinas entre los acantilados, se había alejado con el paso de los siglos. Era una pequeña iglesia muy digna, de un gótico encantadoramente comedido y armonioso, construida con delicada piedra blanca que la humedad del mar había cuajado de manchas de un hermoso verde brillante en las bases, los capiteles y el follaje tallado. El anticuario me mostró el transepto y el campanario, que habían quedado inacabados cuando los milagros habían menguado en el siglo XIV. Y me llevó arriba, a la curiosa cámara del celador, una estancia espaciosa varios escalones por encima del triforio, con una chimenea y asientos de piedra para los hombres que custodiaban el precioso crucifijo día y noche. Había incluso colmenas en la ventana, me contó, y recordó haberlas visto siendo niño.

—¿Era habitual, aquí en Flandes, que hubiera una habitación para el celador en las iglesias que albergaban reliquias importantes? —pregunté, pues no recordaba haber visto nada semejante con anterioridad.

—En absoluto —contestó, al tiempo que miraba alrededor para asegurarse de que estábamos solos—, pero aquí era necesario. ¿No ha oído nunca en qué consistían los principales milagros de esta iglesia?

—No —dije, también en un susurro, contagiado por su aire de misterio—, a menos que se refiera a la leyenda de esa figura del Salvador que rompió todas las cruces hasta que el mar arrojó a la orilla la cruz correcta.

Él negó con la cabeza pero no respondió, y descendió los empinados escalones hasta la nave, mientras que yo me quedé un momento allí mirando hacia abajo desde la cámara del celador. Jamás había contemplado una iglesia desde un punto de vista tan curioso. Los candelabros de techo a ambos lados del crucifijo daban vueltas lentamente, creando grandes charcos de luz rotos por las sombras de los grupos de columnas, y entre los bancos de la nave parpadeaba la llama del quinqué del sacristán. Flotaba en el aire el aroma de las ramas de pino resinoso, que evocaba dunas y laderas de montañas, y de los atareados grupos de personas de debajo se elevaba un parloteo amortiguado de voces femeninas, el sonido del chapoteo del agua y el repiqueteo de los zuecos. Recordaba vagamente a las preparaciones para un aquelarre de brujas.

—¿Qué clase de milagros ocurrían en esta iglesia? —pregunté, una vez que salimos a la sombría plaza—. Y ¿a qué se refería cuando ha dicho que han reemplazado el crucifijo, a que ha habido una sustitución?

Fuera estaba bastante oscuro. La iglesia se erguía como una masa negra, imprecisa y asimétrica de contrafuertes y tejados afilados, recortada contra el cielo diluido e iluminada por la luna; detrás, los altos árboles del camposanto se agitaban con la brisa marina y por las ventanas salía un brillo amarillo, como si fueran portales llameantes en la oscuridad.

—Por favor, fíjese en el llamativo efecto de las gárgolas —dijo el anticuario, señalando hacia arriba.

Estas sobresalían del tejado como vagas bestias salvajes, y lo que era realmente aterrador era que la luz de la luna, amarilla y azul, se veía a través de las fauces abiertas de algunas. Una ráfaga de viento barrió los árboles y la veleta repiqueteó y crujió.

—Vaya, ¡esas gárgolas de lobo parecen estar aullando de verdad! —exclamé.

El viejo anticuario sofocó una risa.

—Ajá —contestó—. ¿No le he dicho que esta iglesia ha sido testigo de cosas jamás vistas en ninguna otra iglesia de la cristiandad? ¡Y todavía las recuerda! ¿Qué, conoce otra iglesia tan salvaje y brutal?

Mientras hablaba, un sonido agudo y trémulo, como de caramillos, procedente del interior de la iglesia se mezcló de pronto con el susurro del viento y los crujidos de la veleta.

—El organista está practicando su *vox humana* para mañana —comentó el anticuario.

II

Al día siguiente, compré un ejemplar de las historias del milagroso crucifijo que vendían en los alrededores de la iglesia, y también al día siguiente, mi amigo el anticuario fue tan amable de contarme todo lo que sabía al respecto. Entre mis dos informantes, se puede decir que lo que viene a continuación es la verdadera historia.

En el otoño de 1195, tras una aterradora noche de tormenta, se encontró un barco encallado en la orilla de Duneş —que en esa época era un pueblo de pescadores en la desembocadura del Nys—, justo enfrente de un terrible arrecife sumergido.

El barco estaba partido y volcado, y cerca de él, sobre la arena y la hierba aplastada, descansaba una figura de piedra del Salvador crucificado, sin cruz y, por lo que parece, también sin brazos, que estaban tallados en bloques de piedra separados. De inmediato, se presentaron varias instancias para reclamarlo: la pequeña iglesia de Dunes, en cuyo terreno se encontró; los barones de Croÿ, que tenían los derechos de los pecios de esa costa, y también la abadía de Saint Loup de Arras, que ostentaba la soberanía espiritual del lugar. Pero un hombre santo que vivía cerca de los acantilados tuvo una visión que resolvió la disputa. San Lucas en persona se le apareció y le dijo que él era el autor original de la figura; que había sido una de las tres que colgaban en el Santo Sepulcro de Jerusalén; que tres caballeros, uno normando, otro toscano y un hombre de Arras, se las habían robado a los infieles con el permiso del cielo y las habían cargado en navíos no tripulados; que una de las figuras se había arrojado en la costa normanda, cerca de Salenelles; que la segunda había quedado varada no muy lejos de la ciudad de Lucca, en Italia; y que esta tercera era la que había embarcado el caballero de Artois. Lucas recomendó que fuera la estatua la que decidiera por sí misma aquel asunto. Así pues, se arrojó solemnemente de nuevo la figura crucificada al mar. Al día siguiente, la encontraron en el mismo lugar, entre la arena y la hierba aplastada en la desembocadura del Nys. Por consiguiente, la depositaron en la pequeña iglesia de Dunes y no pasó mucho tiempo antes de que el tropel de personas devotas que le traían ofrendas desde todas partes forzara y posibilitara la reconstrucción de la iglesia, santificada por su presencia.

La Santa Efigie de Dunes —conocida como *Sacra Dunarum Effigies*— no llevaba a cabo los milagros habituales. Pero su fama se difundió a lo largo y ancho de la cristiandad por las maravillas sin parangón que se convirtieron en la constante de su existencia. La Efigie, como he señalado antes, se había encontrado sin la cruz a la que era evidente que había estado unida, y ni las búsquedas ni las posteriores tormentas sacaron a la luz los bloques perdidos, a pesar de las muchas plegarias que se ofrecieron con tal fin. Así pues, después de un tiempo y numerosas discusiones, se decidió que era necesario proporcionar una nueva cruz de la que colgar la efigie. Con este propósito, se convocó en Dunes a varios canteros de Arras. Pero he aquí que al día siguiente de que se irguiera la cruz en la iglesia con gran solemnidad, se describió un hecho inaudito y terrorífico. La Efigie, que la noche anterior colgaba totalmente recta, había cambiado de posición y estaba inclinada con violencia hacia la derecha, como si tratara de liberarse.

No solo lo presenciaron los cientos de seglares, sino también los sacerdotes del lugar, que notificaron el hecho en un documento, conservado en los archivos episcopales de Arras hasta 1790 y remitido al abad de Saint Loup, su superior espiritual.

Este fue el primero de una serie de misteriosos acontecimientos que difundieron la fama del prodigioso crucifijo por toda la cristiandad. La Efigie no permaneció en la postura que milagrosamente había adoptado sino que, a intervalos de tiempo, se colocaba de otra manera sobre su cruz, y siempre como si hubiera padecido violentas contorsiones. Un día, unos diez años después de que el mar la arrojara a la orilla, los sacerdotes de la iglesia y los burgueses de Dunes se encontraron a la Efigie colgando con los brazos extendidos, en su posición simétrica original pero, ¡oh, maravilla!, con la cruz rota en tres piezas desparramadas sobre los escalones de su capilla.

Varias personas que vivían en el linde del pueblo más cercano a la iglesia declararon que se habían despertado en plena noche por lo que les había parecido un violento trueno, pero que sin duda era el golpe de la cruz al caer o tal vez, ¿quién sabe?, el ruido con el que la terrible Efigie se había soltado y había rechazado el cuerpo extraño de la cruz. Porque ese era el secreto: la Efigie, hecha por un santo y llegada a Dunes gracias a un milagro, había hallado a todas luces un rastro de impiedad en la piedra a la que la habían sujetado. Esa fue la presta explicación facilitada por el prior de la iglesia, en respuesta al furioso emplazamiento del abad de Saint Loup, que expresó su desaprobación ante aquellos insólitos milagros. En efecto, se descubrió que, antes de sujetar la figura, no se había limpiado de la pieza de mármol el pecaminoso roce humano con los ritos necesarios; un descuido de lo más grave, pero excusable. Así que se encargó una nueva cruz, aunque a nadie pasó por alto que se tardó mucho en cumplir el encargo, y la consagración tuvo lugar varios años después.

Mientras tanto, el prior había construido la cámara del celador, con la chimenea y el hueco para descansar, y había obtenido permiso del mismo papa para que un eclesiástico ordenado la custodiara día y noche, con el fin de evitar que robaran una reliquia tan prodigiosa. Porque para entonces, esta había relegado a todos los crucifijos parecidos y, gracias a la afluencia de peregrinos, el pueblo de Dunes había crecido con rapidez hasta transformarse en una ciudad propiedad del priorato de la Santa Cruz, ahora extremadamente acaudalado.

No obstante, los abades de Saint Loup no veían el asunto con buenos ojos. Aunque sobre el papel seguían siendo sus vasallos, los priores de Dunes habían logrado obtener de manera paulatina privilegios por parte del papa que los hacían prácticamente independientes y, en particular, exenciones que permitían que solo una pequeña parte de los tributos generados por los peregrinos acabara en las arcas de Saint Loup. El abad Walterius en concreto se mostraba hostil de una manera patente. Acusó al prior de Dunes de haber empleado a sus celadores para que difundieran historias de extraños movimientos y sonidos procedentes de la Efigie, todavía sin cruz, y de sugerir a los ignorantes que había cambios en su postura, algo que era más fácil de creer ahora que ya no estaba la línea recta de la cruz como punto de referencia. Así que por fin se terminó la nueva cruz y se consagró, y en el día de la Santa Cruz de aquel año, se sujetó la Efigie a ella en presencia de una inmensa concurrencia de religiosos y laicos. Se suponía que ahora la Efigie estaría satisfecha, y que no se producirían más episodios inusuales que incrementaran o tal vez pusieran en peligro de una manera letal su reputación de santidad.

Estas expectativas se truncaron con violencia. En noviembre de 1293, tras un año de extraños rumores relacionados con la Efigie, se descubrió de nuevo que la figura se había movido y que continuaba moviéndose o, mejor dicho (a juzgar por la posición de la cruz), que se retorcía; y en Nochebuena de ese mismo año, la cruz acabó por segunda vez en el suelo y hecha pedazos. Al mismo tiempo, se encontró al sacerdote de guardia, en apariencia muerto, en la cámara del celador. Se encargó otra cruz y, esta vez, se consagró y se colocó en privado; además, un agujero en el techo proporcionó la excusa perfecta para cerrar la iglesia durante una temporada y llevar a cabo los ritos de purificación necesarios después de que los obreros la hubieran contaminado. De hecho, se señalaba que en esta ocasión el prior de Dunes se tomó muchas molestias para restar importancia y ocultar tanto como fuera posible los milagros, en la misma medida en que su predecesor se había esforzado por anunciar a bombo y platillo los anteriores en el extranjero. El sacerdote que estaba de guardia esa aciaga

Nochebuena desapareció misteriosamente, y muchos creían que había enloquecido y estaba encerrado en la cárcel del prior, por miedo a lo que pudiera revelar. Y es que para entonces, y no sin cierto aliento por parte de los abades de Arras, habían empezado a circular extraordinarias historias sobre los sucesos de la iglesia de Dunes. Hay que recordar que dicha iglesia estaba ubicada un poco por encima de la ciudad, aislada y rodeada de árboles. La circundaban los terrenos del priorato y, con excepción del lado que daba al mar, estaba cercada por altos muros. Aun así, había personas que afirmaban que, cuando el viento soplaba en su dirección, habían oído sonidos extraños por la noche procedentes de la iglesia. Durante las tormentas, en concreto, se habían oído sonidos que según a quién preguntaras eran aullidos, gemidos o música de baile campesina. Un capitán aseguró que la víspera de Todos los Santos, mientras su navío se aproximaba a la desembocadura del Nys, había visto la iglesia de Dunes radiantemente iluminada, con las inmensas ventanas como en llamas. Sin embargo, se sospechó que había estado borracho y había exagerado el efecto de la pequeña luz que brillaba en la cámara del celador. El interés de los habitantes de Dunes, que habían prosperado gracias a los peregrinos, coincidía con el del priorato, así que esta clase de historias se silenciaba con celeridad. Aunque sin duda alguna, llegaban a oídos del abad de Saint Loup. Y al final ocurrió algo que hizo resurgir todos esos rumores.

La víspera de Todos los Santos de 1299, un rayo alcanzó la iglesia. Encontraron al nuevo celador muerto en medio de la nave, la cruz partida en dos y, ¡oh, horror!, la Efigie había desaparecido. El indescriptible miedo que atenazó a todo el mundo no hizo más que incrementarse cuando hallaron a la Efigie tumbada detrás del altar, en actitud de aterrada convulsión y, según se murmuraba, ennegrecida por el rayo.

Ese fue el fin de los sucesos extraños en Dunes.

Se celebró un concilio eclesiástico en Arras y la iglesia volvió a cerrarse durante casi un año. En esta ocasión, cuando se abrió, la consagró de nuevo el abad de Saint Loup, a quien el prior de la Santa Cruz asistió con humildad durante la misa. Se había construido una nueva capilla y en ella se expuso el milagroso crucifijo, vestido con brocados y gemas preciosas más espléndidas de lo habitual, y con la cabeza oculta por una de las coronas más hermosas vistas jamás; un regalo, se decía, del duque de Borgoña.

Todo aquel nuevo esplendor, así como la presencia del influyente abad en persona, enseguida quedó explicada a los fieles cuando el prior dio un paso adelante y anunció que un último y gran milagro había tenido lugar. La cruz original, de la que había colgado la figura en la iglesia del Santo Sepulcro y debido a la cual la Efigie había rechazado todas las demás, hechas por manos menos sagradas, había encallado en la costa de Dunes, en el mismo lugar donde, cien años atrás, se había descubierto la figura del Salvador sobre la arena.

—Esta —dijo el prior— es la explicación de los terribles sucesos que han inundado de angustia nuestros corazones. La Santa Efigie ahora está satisfecha; descansará en paz y solo utilizará sus milagrosos poderes para conceder las plegarias de los fieles.

La mitad de la predicción se cumplió: a partir de ese día, la Efigie no cambió jamás de postura; pero también desde ese día, no se registró nunca más un milagro relevante; la devoción a Dunes menguó, otras reliquias relegaron a las sombras a la Sagrada Efigie y los peregrinajes se redujeron a meras reuniones locales, con lo cual la iglesia nunca llegó a terminarse.

¿Qué había ocurrido? Nadie lo supo, hizo suposiciones o siquiera lo preguntó jamás. Pero cuando, en 1790, el palacio arzobispal de Arras fue saqueado, un notario del vecindario compró gran parte de los archivos a precio de papel de deshecho, ya fuera por curiosidad histórica o porque esperaba encontrar en ellos hechos que satisficieran su aversión al clero. Nadie examinó esos documentos durante muchos años, hasta que mi amigo el anticuario los compró. Entre ellos, sacados atolondradamente del palacio arzobispal, había diversos escritos asociados con la suprimida abadía de Saint Loup de Arras y, entre estos últimos, una serie de notas relacionadas con los asuntos de la iglesia de Dunes; eran, en la medida en que permitía discernir su naturaleza fragmentaria, los registros de unas pesquisas llevadas a cabo en 1309, y contenían la declaración de varios testigos. Para entender su significado, es necesario recordar que esa era la época en la que habían empezado los juicios a las brujas, y en la que los procesos contra los templarios habían impuesto la moda de realizar investigaciones que contribuyesen a la economía del país, al tiempo que promovían los intereses de la religión.

Lo que parece que sucedió es que, tras la catástrofe de la vigilia de Todos los Santos de octubre de 1299, el prior, Urbain de Luc, se vio súbitamente amenazado con una acusación de sacrilegio y brujería, de obtener milagros de la Efigie mediante métodos diabólicos y de convertir su iglesia en un templo del maligno.

En lugar de apelar a los altos tribunales eclesiásticos, como le habrían permitido los privilegios otorgados por la Santa Sede, el prior Urbain dedujo que la acusación procedía originalmente de la iracunda abadía de Saint Loup y, tras renunciar a sus pretensiones con el fin de salvarse, se sometió a la clemencia del abad que hasta entonces había despreciado. Por lo visto, el abad quedó satisfecho con su sumisión y el asunto quedó zanjado tras unos preliminares legales, de los cuales daban cuenta en parte las anotaciones encontradas en los archivos arzobispales de Arras. Mi amigo el anticuario me permitió con gran gentileza traducir del latín algunas de esas anotaciones, y aquí las consigno, para que el lector decida por sí mismo cómo interpretarlas.

«Ítem. El abad se muestra convencido de que Su Reverencia el prior no ha tenido conocimiento personal ni tratos con el maligno (*Diabolus*). No obstante, la gravedad de la acusación precisa...». Aquí la página estaba rasgada.

«Hugues Jacquot, Simon le Couvreur, Pierre Denis, burgueses de Dunes, al ser interrogados, testifican:

»Que los ruidos procedentes de la iglesia de la Santa Cruz siempre se oían en las noches de fuerte tormenta y presagiaban naufragios en la costa; y eran muy variados: terribles repiqueteos, gemidos, aullidos como los de los lobos y alguna que otra melodía de flauta. Un tal Jehan, al que han marcado dos veces a fuego y latigado por encender hogueras en la costa, haciendo naufragar a los navíos en la boca del Nys, tras serle concedida inmunidad, y después de dos o tres tirones en el potro, declara lo siguiente: que la banda de saboteadores a la que pertenece sabía cuándo se acercaba una tormenta peligrosa gracias a los ruidos que salían de la iglesia de Dunes. El testigo ha escalado en numerosas ocasiones los muros y ha deambulado por el camposanto, a la espera de oír dichos ruidos. No le son desconocidos los aullidos y gemidos mencionados por el testigo anterior. Escuchó decir a un paisano que estaba de paso por la noche que el aullido era tan potente que había creído que lo perseguía una manada de lobos, aunque es bien sabido que hace treinta años que no se ven lobos por estos lares. Pero el propio testigo es de la opinión de que el más singular de todos los ruidos, y el que siempre acompañaba o presagiaba las peores tormentas, era el sonido de flautas y caramillos (*quod vulgo dicuntur flustes et musettes*), tan melodioso que ni en la corte del rey de Francia habría podido escucharse uno igual. Al preguntarle si alguna vez ha visto algo, el testigo responde que ha visto la iglesia radiantemente iluminada desde la playa pero, al acercarse, se lo encontró todo a oscuras, a excepción de la luz procedente de la cámara del celador. Que en una ocasión, a la luz de la luna, al oír el sonido inusualmente alto de caramillos, flautas y aullidos, le pareció ver lobos y una figura humana en el tejado, pero que echó a correr presa del miedo y no puede afirmarlo con rotundidad.

»Ítem. Su Señoría el abad desea que el Reverendísimo prior responda con sinceridad, con la mano sobre los Evangelios, si él mismo ha oído o no dichos sonidos.

»El Reverendísimo prior niega haber oído jamás nada semejante. Pero, amenazado con nuevos procedimientos (¿el potro?), reconoce que el celador de guardia le ha hablado a menudo de dichos ruidos.

»*Pregunta:* ¿Informó el celador de alguna cosa más al Reverendísimo prior?

»*Respuesta:* Sí, pero bajo secreto de confesión. El último celador, además, el que murió a causa del rayo, era un sacerdote réprobo que había cometido crímenes atroces y se había visto obligado a buscar asilo; y el prior lo había mantenido allí debido a la dificultad de encontrar a un hombre con valor suficiente para la tarea.

»*Pregunta:* ¿Ha interrogado el prior a los anteriores celadores?

»*Respuesta:* Que los celadores solo debían revelar bajo secreto de confesión cualquier cosa que hubieran oído; que los predecesores del prior no habían violado jamás el secreto de confesión y , aunque no fuera merecedor de ello, el propio prior deseaba hacer lo mismo.

»*Pregunta:* ¿Qué había sido del celador al que habían encontrado desmayado tras los sucesos de la vigilia de Todos los Santos?

»*Respuesta:* Que el prior no lo sabe. El celador estaba loco. El prior cree que lo encerraron por ese motivo».

Por lo visto, al prior Urbain de Luc le habían preparado una desagradable sorpresa, porque en la siguiente entrada se lee:

«Ítem. Por orden de Su Magnificencia el señor abad, varios criados del mencionado señor abad presentan al sacerdote Robert Baudouin, antiguo celador de la iglesia de la Santa Cruz, que el Reverendísimo prior ha mantenido encarcelado durante diez años por tener perturbadas sus facultades mentales. El testigo manifiesta un intenso terror al hallarse en presencia de Sus Señorías, y en particular de Su Reverencia el abad. Y se niega a hablar, ocultando la cara entre las manos y profiriendo alaridos. Tras ser consolado con palabras amables por parte todos los presentes, y aún más gentiles por parte de Mi Señor el propio abad, *etiam* amenazado con el potro si persiste en su obstinación, este testigo declara lo siguiente, no sin muchos lamentos, gritos y balbuceos incomprensibles, propios de un loco.

»*Pregunta:* ¿Recuerda lo que sucedió en la vigilia de Todos los Santos en la iglesia de Dunes, antes de que se desmayara sobre el suelo de la iglesia?

»*Respuesta:* No lo recuerda. Sería un pecado hablar de tales cosas ante grandes señores espirituales. Asimismo, no es más que un hombre ignorante, y también loco. Asimismo, tiene mucha hambre.

»Tras darle pan blanco de la mesa del mismísimo señor abad, se procede a seguir interrogando al testigo.

»*Pregunta:* ¿Qué recuerda de los sucesos de la vigilia de Todos los Santos?

»*Respuesta:* Cree que no siempre ha estado loco. Cree que no siempre ha estado encarcelado. Cree que en otra época navegó con un navío por el mar, etcétera.

»*Pregunta:* ¿Cree el testigo que en algún momento ha estado en la iglesia de Dunes?

»*Respuesta:* No lo recuerda. Pero está seguro de que no siempre ha estado encarcelado.

»*Pregunta:* ¿Ha oído el testigo alguna vez algo parecido a esto? (Habiendo ordenado en secreto Mi Señor el abad a un bufón a su servicio, un músico excelente, que tocara súbitamente el caramillo tras el tapiz de Arras).

»Ante cuyo sonido, el testigo se echó a temblar y sollozar, cayó de rodillas y, tras agarrar la sotana de Mi Señor el abad, ocultó su rostro en ella.

»*Pregunta:* ¿Por qué experimenta tal terror al hallarse en la presencia paternal de un príncipe tan clemente como el señor abad?

»*Respuesta:* El testigo no puede soportar más el sonido del caramillo. Que le hiela la sangre. Que le ha dicho muchas veces al prior que no va a quedarse más en la cámara del celador. Que teme por su vida. Que no se atreve a santiguarse ni a rezar sus oraciones por miedo al Gran Hombre Salvaje. Que el Gran Hombre Salvaje cogió la cruz y la partió en dos y jugó al tejo con ella en la nave. Que todos los lobos bajaron en manada del tejado, aullando, y bailaron sobre sus cuartos traseros mientras el Gran Hombre Salvaje tocaba el caramillo en el altar mayor. Que el testigo se había rodeado de un cercado de pequeñas cruces hechas de paja de centeno partida, para evitar que el Gran Hombre Salvaje entrara en la cámara del celador. ¡Ay…, ay…, ay! ¡Está tocando otra vez! ¡Los lobos están aullando! Está despertando la tempestad.

»Ítem. Que no se puede obtener más información de este testigo, que se cae al suelo como si estuviera poseído y al que hay que retirar de la presencia de Su Señoría el abad y el Reverendísimo prior».

III

En este punto, las actas de la pesquisa se interrumpen. ¿Lograron esos grandes dignatarios espirituales saber más sobre los terribles acontecimientos de la iglesia de Dunes? ¿Llegaron a averiguar su causa?

—Porque había una causa —dijo el anticuario, al tiempo que doblaba los anteojos después de leerme las anotaciones—, o para ser más preciso, la causa todavía existe. Y usted lo entenderá, aunque esos eruditos sacerdotes de hace seis siglos no pudieran hacerlo.

Y, tras ponerse en pie, cogió una llave de un estante y me condujo al patio de su casa, ubicada junto al Nys, un kilómetro y medio más abajo de Dunes.

Entre las granjas achaparradas se podía ver la marisma, teñida de lila por la lavanda marina; la isla de los Pájaros, un amplio banco de arena en la desembocadura del Nys donde se reúnen todo tipo de aves marinas; y más allá, el furioso mar coronado con crestas blancas, bajo un furioso resplandor crepuscular naranja. En la otra orilla, tierra adentro y visible por encima de los tejados de las granjas, se alzaba la iglesia de Dunes, con su campanario apuntado y el contorno dentado de los gabletes, los contrafuertes, las gárgolas y los pinos barridos por el viento, que se recortaba contra el cielo del este, de un rojo siniestro y vibrante.

—Le he dicho —empezó el anticuario, que se detuvo e introdujo la llave en la cerradura de un gran edificio anexo— que se había producido una *substitution*; que el crucifijo que hay en este momento en Dunes no es el que la tormenta arrojó milagrosamente en 1195. Creo que el actual puede identificarse como una estatua a tamaño real, cuyo recibo se encuentra en los archivos de Arras, enviada al abad de Saint Loup por Estienne Le Mas y Guillaume Pernel, canteros, en el año 1299, es decir, el año de la investigación y del cese de los sucesos sobrenaturales en Dunes. En cuanto a la Efigie original, ahora verá y entenderá todo.

El anticuario abrió la puerta de un pasaje inclinado y abovedado, encendió un farol y abrió la marcha. Era evidente que se trataba de la bodega de un edificio medieval, y un aroma a vino, a madera húmeda y a ramas de abeto apiladas en innumerables montones de leña flotaba en la oscuridad, entre las gruesas columnas.

—Es aquí —dijo el anticuario, elevando su farol—; estaba enterrado bajo esta bóveda y lo habían atravesado con una estaca de hierro como si fuera un vampiro, para evitar que se volviera a alzar.

La Efigie se erguía apoyada en la oscura pared, rodeada de broza. Era más alta que una de tamaño real y estaba desnuda, con los brazos rotos a la altura de los hombros, la cabeza con una barba incipiente y el pelo apelmazado, echada hacia atrás con esfuerzo; el rostro contraído en una mueca de dolor; los músculos tensos como los de un crucificado, los pies unidos y atados con una soga. La figura me resultaba familiar de haberla visto en varias galerías. Me acerqué a examinar la oreja: tenía forma de hoja.

—Ah, veo que ha comprendido todo el misterio —dijo el anticuario.

—He comprendido —contesté, sin saber hasta adónde quería llegar el anticuario— que esta supuesta estatua de Cristo es en realidad un sátiro de la Antigüedad, Marsias, esperando su castigo.

El anticuario asintió.

—Exacto —dijo con un humor cargado de ironía—, no hay más explicación que esta. Aunque creo que el abad y el prior no se equivocaron al atravesarlo con una estaca de hierro cuando lo retiraron de la iglesia.

LA HERMANA BENVENUTA
Y EL NIÑO JESÚS
Leyenda del siglo XVIII

A mi querida y vieja amiga,
EVELYN WIMBUSH,
en agradecimiento a los bordados,
las historias de santos,
y mucho más.

Navidad de 1905

Hace sesenta años, y poco antes de su completa extinción, la ilustre familia veneciana de los Loredan comenzó a dar pasos para beatificar a uno de sus miembros, una monja fallecida en Cividale en el año 1740.

En realidad, a los habitantes de Cividale no les hacía falta una confirmación oficial de la santidad de la hermana Benvenuta Loredan; y era sabido que existía un culto regular, con su correspondiente leyenda, relacionado con ella. En efecto, daba la sensación de que la beatificación de aquella joven (que, durante su vida terrenal, había sido la tercera hija de Almorò IV Loredan, conde de Teolo y Soave, y de Fiordispina Badoer, su esposa) habría resultado conveniente no solo en reconocimiento a su santidad y milagros, sino también para encauzar la devoción popular a través de canales autorizados, y para cortar de raíz creencias y prácticas rocambolescas que habían pasado desapercibidas. Pues las indagaciones eclesiásticas, llevadas a cabo con discreción, determinaron que la Beata Benvenuta, como se la denominó prematuramente, se había convertido en el principal objeto de devoción para los niños pequeños y sus cariñosas madres en la ciudad de Cividale.

En esta calidad, había usurpado la autoridad, e incluso parte de la leyenda, de algunos de los santos más antiguos y mejor acreditados del calendario. De este modo, estaba demostrado más allá de toda duda que los niños de Cividale habían dejado de considerar a los tres Reyes Magos —Melchor, Gaspar y Baltasar— como los portadores de sus regalos anuales, y dejaban los zapatos y los calcetines para que se los llenara la Beata Benvenuta.

Lo que era aún más grave es que habían acabado por atribuírsele algunas de esas venerables familiaridades con el Infante Jesús que se sabe con certeza que tenían santa Catalina, san Antonio de Padua y (según algunos reverentes hagiógrafos) el mismísimo y seráfico san Francisco. Mientras que, por otra parte, se le atribuían encuentros personales con el Gran Enemigo de la Humanidad, algo que solo estaba acreditado con autoridad en relación con san Antonio, san Nicolás de Bari, san Dunstán, santa Teodora, san Anaximandro, san Rodwald, san Nilo y a un reducido número de conocidos paladines celestiales que prosperaron en periodos más remotos de la historia. A este manifiesto desbarajuste hay que añadir que la procesión anual en honor a la Beata Benvenuta, tal como era conocida, la encabezaban niños, en su mayor parte niñas pequeñas, sin ningún tipo de guía eclesiástica, y consistía en desfilar por la ciudad con coronas, bonitos vestidos de oropel y adornos multicolores de todo tipo, entonando canciones infantiles e incluso, según se rumoreaba, cogiéndose de la mano y bailando, y comiendo pequeñas donas con nueces preparadas para la ocasión. Un tipo de pastel parecido, relleno de almendras tostadas, se vendía por las calles de Cividale el 15 de mayo, el cumpleaños de la llamada Beata Benvenuta, y se suponía que tenía la forma del Niño Salvador en brazos de la joven monja antes mencionada. Ese día también se festejaba con un inusual despliegue de espectáculos de títeres, cuyos dueños reivindicaban a la Beata Benvenuta como su defensora celestial, una afirmación que era necesario tomarse con la mayor de las prudencias. Pero el aspecto más característico de todo aquel cuestionable asunto, y sin duda suficiente para merecer la introducción de una autoridad eclesiástica suprema, era que (como nadie en Cividale podía negar) los niños acostumbraban a acompañar sus juegos con una rima para contar, cuyo primer verso incluía el nombre de la Beata Benvenuta Loredan, y el último el del diablo.

Estos eran algunos de los motivos, además de la incontestable santidad de su vida y un número respetable de sanaciones y salvaciones milagrosas totalmente ratificadas, por los que era urgente que se dieran pasos hacia la beatificación de la hermana Benvenuta Loredan de Cividale.

Su santidad el papa Gregorio XVI tomó en consideración dichos motivos y se mostró favorable a los encomiables deseos tanto de la noble casa de Loredan (que costeó todos los gastos) como de las pocas monjas que quedaban en el convento de Santa María del Rosal, ambas legítimamente orgullosas de tan magnífico miembro de su familia temporal y espiritual, respectivamente.

Sin embargo, tras varios años de diligentes pesquisas, y de mucho indagar en archivos privados y públicos, el asunto de la beatificación de la hermana Benvenuta Loredan fue abandonado y ni siquiera se retomó con posterioridad. Tal vez una lectura atenta de su diario, incluido entre los documentos de este caso, arroje algo de luz tanto sobre sus reivindicaciones reales para la beatificación como sobre el motivo por el que dichas reivindicaciones no se admitieron de manera oficial.

Día del Santo Nombre de Jesús
Enero de 1740

He estado pensando y pensando en lo increíblemente
aburrido que debe de ser para nuestro querido y pequeño Niño Jesús estar siempre encerrado en ese armario
de la sacristía, que huele a madera vieja e incienso vicia-
do cada vez que se abre. Con la excepción del periodo
que va de Nochebuena a la Epifanía, cuando yace en el
pesebre bajo el altar mayor, entre el buey y la mula, y
en una o dos grandes festividades, cuando lo llevan en
procesión, se encuentra siempre en ese armario entre
los fragmentos de huesos de santos envueltos en algodón, las vestiduras de repuesto y los paquetes de velas;
¡y la hermana sacristana se cuida siempre tanto de ce-
rrarlo todo! Una vez, poco después del último Corpus
Christi, se olvidó de echar la llave al armario y yo aproveché la oportunidad para dejar dentro un gran ramo
de rosas de damasco para el querido *Bambino*; vi cómo
ella lo sacaba varias semanas después, con el brazo es-
tirado y un resoplido, y lo arrojaba en el recogedor. Y
entonces me alegré de no haber metido también uno
de esos pastelitos redondos, hechos con *vinsanto* y la
mejor harina, que la hermana Rosalba, que tan orgullo-
sa está de su tío el Dux, había horneado para esa fiesta,

siguiendo la receta de la familia de Su Serenísima Señoría.

¡Si pudiera conseguir que me nombraran sacristana! Pero soy demasiado joven, y el hecho de ser coja me impide subir a la escalera de mano. Por todas estas razones he decidido que, como no tengo la posibilidad de hablar con libertad con el querido Gran Niño, pondré por escrito las cosas que le podrían entretener, y meteré las hojas en el gran brazo hueco y plateado que contiene un hueso del dedo de san Pantaleo, arzobispo de Baalbek, siempre que tenga ocasión de acceder a ese armario.

Día de santa Agnes

He reflexionado seriamente, querido Niño Jesús, si no será un pecado carnal presuponer que puedo entretenerte, y si debería o no compartirlo en confesión. Pero nuestro confesor es un hombre instruido; ha escrito un extenso tratado sobre el idioma hablado en el paraíso antes de la desobediencia de Adán (por lo visto, era un dialecto del turco), y compone hermosos sonetos siempre que hay una monja nueva, impresos sobre seda amarilla y repartidos junto con los sorbetes. Nuestro confesor ya me considera una boba, y se limitaría a aspirar rapé con impaciencia y exclamar: «¡Vaya, vaya! Pida un poco de sabiduría en sus oraciones, hermana Benvenuta». Y no es que sea vanagloria, ni un pecado, porque no pienso en absoluto que sea capaz de contar estas cosas de un modo ameno, con un estilo noble, como haría la madre abadesa, o con ingenio, como la vieja hermana Grimana Emo, que siempre me hace sonrojar. Se trata sencillamente de que, por insulsa que sea (y siempre he sido una mema), será menos aburrido para el querido Gran Niño que vivir siempre solo en ese armario, sin más compañía que la carcoma y los fragmentos sagrados de hueso en un lecho de algodón bajo campanas de cristal.

Cuarto domingo después de la Epifanía

En realidad no puede ser un pecado de vanagloria, porque el cielo no me habría enviado con tanta prontitud algo tan extraordinariamente interesante que contarle a mi querido Gran Niño. Ah, ¡es tan emocionante! Va a ser un gran entretenimiento para el Martes de Carnaval. Están invitados todos los nobles de la ciudad, ¡y habrá un espectáculo de títeres en el salón! Debemos fingir que no lo sabemos hasta que la madre superiora nos lo comunique en el Capítulo. Pero no hablamos de otra cosa. Así que tengo que contárselo al Gran Niño Jesús.

Día de santa Dorotea

Anteayer, el artista mantuvo una larga audiencia con la madre abadesa. Dicen que le pidió un precio desorbitado debido a la fama del convento, y a que a todas las hermanas se les exigen dieciséis cuartelados y por lo menos mil ducados de dote. Pero la madre abadesa, que es una viuda de la casa de Morosini, consiguió rebajar el precio con gran dignidad. Y alcancé a vislumbrar al artista: es una persona contrahecha, con acento boloñés, un ojo estrábico, una peluca roja y las medias mal subidas. Pero la hermana Rosalba, que tiene una gran sabiduría mundana, dice que no está excomunicado, aunque por su aspecto lo parezca. Debatimos si los títeres de una persona excomunicada serían en consecuencia títeres excomunicados, y si podían introducirse o no en un convento. La hermana Rosalba dice que un convento noble tiene sus privilegios. La hermana sacristana dijo que, en todo caso, la madre superiora lo había tratado con una dignidad consumada y le había advertido que no intentara ninguna treta con ella.

Día de santa Escolástica

Ah, queridísimo *Bambino*, ¡ojalá pudiera enseñarte los títeres! El hombre los ha traído para la actuación de la semana que viene, de modo que haya tiempo para hacer cambios en caso de que la madre abadesa o nuestro reverendo el padre confesor encuentren algo pecaminoso en alguno de ellos. La madre superiora se los llevó a su salón privado para examinarlos con una lupa. La hermana Grimana dice que nuestro confesor puso objeciones a varias damas con el escote demasiado generoso, pero nuestra superiora, que es una mujer de mundo, contestó que le asombraba que Su Reverencia no supiera que las leyes de la República Serenísima permiten a las damas venecianas mostrar exactamente la mitad del escote y nada más, y que tal proceder no se considera una falta de modestia. Yo no entiendo mucho sobre tales asuntos, pero por lo visto la madre abadesa señaló que sería una crítica injustificada a la sabiduría de la República, así como a las damas de la nobleza invitadas a la representación, que los títeres representaran el papel de reinas, princesas y heroínas con pedazos de papel de seda sobre los hombros, como había sugerido el padre reverendo. Yo no sé nada sobre el corpiño de las damas, solo sé lo hermosas que son y cómo me gustaría mostrárselas a mi querido Gran Niño. Porque, tras la inspección en el salón privado de la abadesa, los títeres se sacaron de nuevo y se colgaron en una especie de talleros de pie en el pasillo de Santa María Magdalena, y se permitió contemplarlos a todas las hermanas. Ah, queridísimo *Bambino*, ¡ojalá pudiera llevarte uno o dos! Tienen alambres atravesados en la cabeza e hilos en las manos y los pies, que terminan en una gran bobina de la que cuelgan. Y cuando tiras de los hilos, sus pequeñas manos de madera se mueven como horquillas, la barbilla les baja y se les abre la boca, y sus brazos y piernas se extienden y repiquetean. Ese no es el modo apropiado de manejarlos, por supuesto, pero no sé hacer nada más. La hermana Rosalba y la hermana Grimana los sostienen de la manera adecuada, con los talones, con pesos de plomo (y algunos calzados con preciosos zapatos con escarapelas, y también con babuchas bordadas, como los turcos) pegados con firmeza al suelo, para que queden erguidos, y los desplazan de modo que taconean por el suelo y hacen maravillosos movimientos con sus brazos, en ocasiones incluso por detrás de la espalda, lo cual no puede ser acertado, aunque qué sabré yo. Algunos de ellos, en concreto un terrible eslavo con un cinto lleno de cuchillos y un gran bigote de crines, así como una joven criada, tenían las cuerdas enredadas y siempre giraban y se daban la espalda mutuamente. Pero había una pastora y un héroe con una peluca rubia y un vestido romano que eran bastante fáciles de manejar, y las dos hermanas les hacían bailar un minué, mientras la hermana Grimana cantaba con voz rota, hasta que Atalanta Badoer, una novicia prima mía, cogió un laúd que había quedado allí tras la misa musical del domingo y se puso a tocar con gran habilidad una *furlana*. «¿Escuchará mi *Bambino* la música desde su armario?», pensé yo. Pero al final algunas de las hermanas más mayores la regañaron y le quitaron el laúd. ¡Cómo me gustaría llevarle la pastora a mi querido Gran Niño para que la viera! En realidad no me gustan los títeres que representan mujeres, aunque estas van vestidas con unas faldas muy bonitas con flores bordadas en hilo de plata y *andriennes* que resaltan sus caderas, y llevan corpiños llenos de perlas de semilla, parches en forma de lunar y colorete en las mejillas, igual que las damas reales que venían a tomar chocolate con mi madre y mis tías. Algunas de ellas van ataviadas con capas livianas y grandes sombreros sujetos con pañuelos negros, y máscaras blancas como un hocico, igual que las damas que yo veía durante el Carnaval en la amplia escalera de Venecia, acompañadas de sus chichisbeos; y esos hocicos blancos y pañuelos negros, y el modo en que ellas se balanceaban con sus enaguas cubiertas por una capa con capucha, me asustaba y me hacía llorar. No te enseñaré ninguna de esas, querido Gran Niño; ni los malvados eslavos y turcos, ni el ogro, ni el horrible doctor anciano con la larga nariz roja, ni el arlequín vestido como una perversa serpiente, ni siquiera el español, Don Matamoros, con la ropa y las botas negras desgarradas, bigotes de punta y una boca que te tragaría. Pero sí te enseñaría al amable y gentil Rey Blackamoor y al hermoso héroe con traje romano y peluca rubia, que parece que esté cantando *Mio Ben!* y *Amor Mio* como el famoso soprano al que me llevaron a escuchar en la ópera justo antes de tomar el hábito. Pero por encima de todo, le enseñaría a mi *Bambino* esa joven y recatada pastora, ¡e intentaría que bailara para Él! Ay, un día cometeré un pecado y robaré la llave del armario, ¡e iré a hurtadillas a enseñarle esa pastora a mi *Bambino*!

Día de santa Juliana
16 de febrero

No puedo ser más simplona. Hoy, cuando hemos vuelto a mirar los títeres (pues unas cuantas de nosotras nos las ingeniamos para echarles un vistazo en sus toalleros de pie cada día), había uno que me ha hecho reír a carcajadas, hasta acabar casi llorando; y ha sido una bobería y ha estado mal, tal y como me ha dicho la hermana Grimana, pues en todo momento he sabido que el títere representaba al diablo. El diablo nunca me ha dado miedo, a mí, a quien tantas cosas me asustan (por ejemplo, toda esa gente ataviada con capuces, sombreros sujetos con pañuelos negros y máscaras de hocico blancas, que venía a jugar a las cartas y beber vino de Samos en casa de mi padre). Sé que está mal, y a menudo he rezado para aprender a temer al maligno, pero nunca he podido, y todas las imágenes y las historias que cuentan de él (y que he leído en el *Spicilegium Sanctorum*) siempre me han hecho reír. Así que la insensatez y un corazón débil son los que han hecho que me echara a reír al ver a este títere-diablo; y ha sido muy malicioso. Pero, ah, querido *Bambino*, ¡tú también te habrías reído!

Día de santa Cunegunda

La madre abadesa ha dicho que había que poner fin a los juegos con los títeres en el convento de Santa María del Rosal, así que hemos estado todas muy ocupadas y apenas tengo tiempo para escribir a mi querido *Bambino*. Este convento es tan noble (solo los patricios de la República Serenísima, los príncipes y los condes del Sacro Imperio Romano Germánico pueden proponer a sus hijas) que se nos permite no realizar labores de utilidad, pues para eso hay hermanas seglares. A menudo lamento (ya que no tengo una mente noble acorde con mi cuna, algo de lo que mis ayas se quejaban a menudo) que sea así. Me gustaría desvainar guisantes, lavar arroz y cortar tomates en la cocina. Con frecuencia envidio a las hermanas seglares cuando remueven el mantillo del jardín, que tan bien huele, y podan y plantan mientras nosotras paseamos por los claustros; y tengo la sensación de que mis dedos desmañados serían más felices confeccionando vestidos de lana de invierno para las mujeres y los niños pobres, que bordando, ¡que se me da fatal! Pero supongo que esto no es más que un perverso espíritu de indisciplina y queja (el pecado de *Accidia* del que habla nuestro confesor), y rezo para que se me conceda un corazón más humilde y agradecido. Sea como fuere, las hermanas hemos estado muy ocupadas; unas elaborando cáscaras confitadas y rosolio con los cazos de plata de la madre abadesa; otras cosiendo paños para el altar, bordando, confeccionando puntillas y haciendo todo tipo de ingeniosos ornamentos y artilugios religiosos con paja trenzada, tiras de papel dorado y de colores, y cuentas abigarradas. Yo me cuento entre aquellas que han tenido el honor de confeccionar la vestidura de lino plisado, fruncido y tableado de la sobrepelliz de Su Eminencia el patriarca. Aquí he vuelto a cometer un pequeño pecado de arrogancia: me ha parecido que Su Eminencia tenía sobrepellices de sobra y he sentido deseos de entregar parte de aquel linón doblado, que parecía espuma del mar o flores de nuestros almendros, a mi querido Gran Pequeño, que tanto frío pasa en ese armario de la sacristía, con tan solo un rígido fajín morado y dorado que le hace cosquillas en su pobre barriguita.

Día de santa Francisca

Tengo que hablarte sin falta, querido Gran Pequeño, del títere que representa al diablo, porque si consigo arrancarte una sonrisa sentiré que mi deseo de reír cada vez que lo veo o siquiera pienso en él no es un acto de mera maldad. En su etiqueta se lee: «Beelzebubb Satanasso, príncipe de todos los diablos», y está colgado por el gancho de la bobina de encima de su cabeza en el toallero de pie del pasillo de San Eusebio, bajo un cuadro de Sebastiano Ricci que representa el martirio de santa Ágata; los títeres que tiene a ambos lados también llevan sendas etiquetas: «Pulcinella» y «Sophonisba». Aunque en realidad, junto a él, como para que parezca que ambos son uno solo, hay un monstruo horripilante llamado «Basilisco». El diablo lleva una bata negra sujeta con un pañuelo azul cielo, tiene una vara de ébano en una mano, y sus piernas, que sobresalen por el borde de la bata, también son de ébano, como las de un caballo, con hermosas pezuñas talladas. También tiene unas largas orejas y pequeños cuernos escarlata. La otra mano parece estar apoyada en el Basilisco, y debería dar mucho miedo; o, mejor dicho, ¡yo debería estar muy asustada de él! Pues es aterrador tener pezuñas y cuernos como esos, y una mano sobre un dragón, y que te llamen Beelzebubb Satanasso, príncipe de todos los diablos. Pero a mí me hace reír, querido *Bambino*, reír y nada más que reír; y estoy segura de que tú también te reirías, a pesar de ser el Verbo Encarnado y todas las grandes cosas que aprendemos en el catecismo. ¡Cuánto desearía que pudieras verlo, o poder contártelo! Tiene un rostro ancho con una barba como la de los capuchinos, y ojos negros con la mirada fija; y los ojos parecen estar empezando a entender algo que él no puede; y la boca rodeada por la barba está abierta para entender también lo que él no puede, y su rostro entero está fruncido tratando de averiguar qué se espera de él. Me recuerda al tutor de mi hermano, en cuya cama (era cura en el oratorio) los chicos malos metían erizos, y él se pinchaba y se ponía a gritar en latín. Sin embargo, el tutor me daba pena y el diablo no me da ninguna, tan solo me divierte verlo tan rígido y pasmado con sus responsabilidades; responsabilidades que consisten en ser el diablo. Ay, querido *Bambino*, ¡qué divertido sería que

tú y yo juntos le pudiéramos gastar una buena broma!
No sería cruel como los erizos de la cama del reverendo, porque se ve que tiene pezuñas y cuernos, y además
es el diablo. ¡Ojalá yo tuviera mejor memoria y no fuera
tan mema! Me gustaría recordar alguna de las bromas
que los Santos Padres en el desierto, y los otros bienaventurados en la Leyenda Áurea, le gastaron; no al títere, por supuesto.

Miércoles de Ceniza, 1740

Ya se ha celebrado el espectáculo. Era la historia de Judit, de cómo le cortó la cabeza a Holofernes y liberó a
su pueblo, escrita en versos alejandrinos por nuestro reverendo padre confesor, a quien los pastores de la Arcadia llamaban Corydon Melpomeneus. En la representación, la cabeza de Holofernes se cayó de verdad y de
ella salió gran cantidad de lana roja de Berlín, de la manera más natural y terrible. Había una Victoria de Judit,
vestida como la figura parisina que hay cerca de la Torre del Reloj en Venecia, con un carro de oro y transparencias; aparecían el Tiempo y la Religión, uno con su
guadaña y la otra de entre las nubes, para cantar alabanzas a nuestra reverenda madre superiora y la ilustre casa
de Morosini (incluido Morosini Peloponnesiacus, de
recuerdo imperecedero); los turcos bailaron una danza muy elegante y, tras la muerte de Holofernes, había
una escena de lo más divertido entre la joven criada de

Judit y Arlequín, el ayuda de cámara de él. Era como si los títeres hubieran cobrado vida: golpeaban el suelo con los pies, se doblaban por la mitad al hacer reverencias, daban golpes con los brazos y abrían la mandíbula con un chasquido de lo más vívido, y hablaban con voces que sonaban como gaitas y arpas de boca. Y asistió un numeroso público compuesto de damas y caballeros nobles, prelados y monjes, oficiales, Su Excelencia el proveedor de la República y el jefe de los espías, y hubo sorbetes, helados y chocolate y, más tarde, mesas dispuestas para que los nobles jugaran a las cartas, y al menos un millar de velas en las lámparas de araña de Murano, que por lo general se reservan para los sepulcros del Jueves Santo. Al terminar todo, hubo una pelea entre los portadores de la silla del sobrino del Patriarca y los Bravos de Su Excelencia el conde de Gradisca, y se dio por muerto a un hombre, y al día siguiente la policía sometió a un zapatero al potro para obtener información y hacer justicia.

Nosotras las hermanas permanecimos detrás de una celosía dorada y, por ser la más joven, yo me senté con las novicias y fui incapaz de obligarlas a comportarse de una manera religiosa o de evitar que arrojaran galletas de almendra a sus hermanos y primos. Debería haberme divertido, y lo único que hice fue reprocharme amargamente mi ingratitud hacia la Providencia y nuestra Madre Superiora, que me habían permitido disfrutar de una representación tan noble y entretenida;

mientras que lo único que podía sentir yo era amargura y un deseo de colocar una jarra de agua sobre la puerta de la hermana sacristana, para asustarla y mojarla con crueldad, y hacerla chillar ridículamente cuando volviera a su celda. Pues yo había urdido el plan, que sin duda no era pecado (y que no confesaré bajo ningún concepto), de robar la llave de ese armario y llevarme a mi querido pequeñín el Niño Jesús, y esconderlo en un jarrón de cartón con rosas artificiales frente al escenario, para que también Él disfrutara del espectáculo. Y la hermana sacristana había dado dos vueltas a la cerradura del armario después de maitines y había contado las llaves antes de colgarse el manojo en la cintura mientras me dedicaba una mirada desafiante. Y la odio, y estoy convencida de que jamás irá al cielo debido a su arrogancia y su crueldad con mi querido *Bambino* Santo.

Día de santa Práxedes

Me temo que me estoy dejando arrastrar hacia el pecado mortal del odio y la falta de caridad, pero cómo no voy a odiar a la hermana sacristana y pensar que parece un gallo, cuando no deja pasar la ocasión de ser desagradable con mi querido Niño Jesús quien, al fin y al cabo, es el Rey de los Cielos y merece consideración por parte incluso de una noble veneciana. La solución es la siguiente: temiendo que las novicias y las hermanas más jóvenes se estuvieran volviendo un poco mundanas con el espectáculo de títeres y todas las damas y caballeros que asistieron, nuestra madre abadesa ha ordenado que el convento entero dedique cuatro horas al día, entre maitines y vísperas, al trabajo piadoso, destinado a alimentar los pensamientos religiosos y conversaciones llenas de remordimiento. Hay que sacar brillo a los relicarios con polvos para limpiar la plata y hay que cambiar el algodón y las cintitas de las reliquias sagradas antes de Navidad. Es un trabajo lento, pues los pedazos de hueso son quebradizos y tan pequeños que se extravían entre los montones de guata y las bobinas de cinta de la mesa de trabajo. Asimismo, las hermanas más avezadas tienen que remendar las vestimentas de las diversas figuras sagradas y retirar las puntillas y los bordados, que necesitarán cuidados más minuciosos. Se han bajado todas las *Madonnas* y se ha examinado su vestuario, y la madre abadesa se ha enfadado al ver la cantidad de moho que tenían; por si eso fuera poco, la cifra de zapatos, medias y pañuelos de bolsillo con puntillas no se acerca a la que debería ser, y las sospechas han recaído sobre los hombres que trabajan en el huerto, que han acabado en manos del Santo Oficio. Mi prima Badoer, la más rebelde de las novicias, ha dicho que es la continuación de la representación de títeres en la cabeza de la madre abadesa, lo que me ha obligado a reprenderla y a indicarle que debería ser más piadosa aunque, como buena cabeza hueca pecaminosa que soy, no he podido reprimir la risa. Por supuesto, mi pensamiento se centró de inmediato en mi querido Gran Niño, en ese armario húmedo con olor a cerrado, sin nada más que un fajín escarlata y dorado que le pica en la barriguita. Como sé que la madre abadesa tiene debilidad por mí (en parte debido a mi cojera y en parte debido a que nuestra familia se remonta a los orígenes de la República Serenísima y desciende de Lars Porsena, el rey de Roma), me aventuré a sugerir la conveniencia de confeccionar al Niño Jesús un abriguito de suave seda con forro del mejor lino para el momento de su exposición en ese pesebre lleno de corrientes de aire durante la Navidad. Nuestra madre abadesa me dedicó una prolongada mirada, sonrió y hasta me pellizcó la mejilla, al tiempo que decía: «No cabe duda de que nuestra hermana Benvenuta tiene madera de niñera del cielo». Pero justo entonces, cuando estaba a punto de darme permiso, quién entra en la estancia sino (ay, sé que el odio es pecado pero ¡cuánto la odio!) la hermana sacristana, que de inmediato me aguó la fiesta; dijo que eso quitaría tiempo y dinero a las nuevas vestiduras del esqueleto de san Prosdócimo, que era una reliquia de lo más honorable, con sendos diamantes redondos en las cuencas de los ojos, y debía dejarse en condiciones para exhibirla y que recibiera una devota veneración. Añadió que el *Bambino* nunca había ido vestido, que el fajín era tan solo una concesión al pudor pero que nadie había oído jamás que Él deseara ir vestido; que la proposición era demasiado moderna y (si no viniera de una hermana con una notoria fama de simplona) casi revelaría una herejía peligrosa. Así que la abadesa se volvió hacia mí, blandió su dedo ensortijado y me dijo: «Qué vergüenza, hermana Benvenuta; el *Bambino* Sagrado no es su *Cavalier Servant* como para querer cubrirlo con terciopelo y puntilla dorada», y se volvió para preguntar cuántas carpas se habían llevado a la cocina para la cena en honor de monseñor el benefactor de san Patricio.

Nuestra Señora de las Nieves
5 de agosto

Pero mi querido *Bambino* tendrá su abriguito, ¡y será más suave, cálido y gallardo que cualquiera de los que la hermana sacristana pueda ponerle al esqueleto, con diamantes por ojos, de su san Prosdócimo! He pasado estas últimas semanas sumida en la amargura y la desesperación. He sobornado a las hermanas seglares para que me compren seda e hilo de oro, además de linón bueno; y cada noche me he sentado en la cama de mi pequeña celda blanca he intentado confeccionar el abrigo de mi querido Gran Niño. Pero, cada vez que empiezo, los espantosos ojos y la mirada de gallo de la hermana sacristana parecen vigilarme. Me tiemblan las tijeras en las manos, corto y tajo la tela al azar, el frontal y la espalda nunca tienen nada que decirse, y en cuanto a las mangas… Al final pedí prestada la ropita de uno de los hijos del jardinero y la usé como patrón para cortar. No importa lo rara que quede la forma. Mi *Bambino* me lo perdonará, aunque parezca más adecuado para un oso que para Él. Pues estará cubierto de brocados y damascos como los ropajes de los santos en los viejos cuadros con fondo dorado de nuestra capilla, que cuentan todos la historia del *Bambino* en verso y con símbolos: peces, soles y lunas, pequeñas margaritas y conejos corriendo, y pájaros picoteando. Y cada pliegue estará cosido con un latido de mi amante corazón.

Día de santa Úrsula

¡Ah, necia y jactanciosa hermana Benvenuta! ¡Cómo ha menguado tu orgullo! En esas gélidas noches otoñales, mis dedos se quedan insensibles. La aguja se introduce torcida en el tejido y sale por donde menos te lo esperas; las puntadas son a veces amplias, como en el punto de matiz, y a veces se superponen unas a otras. Y se hacen nudos en el hilo: luego la aguja se desenhebra y yo me encorvo sobre mi vela, sujetando el hilo atiesado delante del ojo; lo introduzco y empujo; y he aquí que el hilo cae por un lado de la aguja y no quiere hacerme caso. Y ¿a quién se le ocurrió inventar los dedales? Ay, santa Marta, patrona de las buenas amas de casa, ¿por qué a mí me enseñaron a bailar minués y hacer reverencias, a cantar madrigales acompañada de la espineta y a decir «*Oui, monsieur*», «*Votreservante, madame*», y jamás de los jamases me enseñaron a coser?

Santa Crescencia, virgen y mártir

No dejaré estas hojas en el brazo de plata del armario de la sacristía. Mi querido Niño las leerá, pero será después, cuando ya tenga su abrigo y pueda regocijarse en él y en el precio que he pagado. Sí, amado *Bambino*, un precio mayor que los florines de plata y los ducados de oro, los cequíes y los doblones que han costado jamás la seda y el raso, las puntillas y los bordados de cualquier *Madonna* o santo en toda la cristiandad. El único precio digno de pagarse para complacerte: el precio de un alma, sin duda insensata y simple, pero llena como una uva de dulzura, o como una rosa de fragancia; de un amor y una devoción puros.

Primer domingo de Adviento

Debieron extraviarlo después del espectáculo de títeres y se ha quedado aquí, olvidado en un rincón. O si no... Se me olvidaba que hay palabras que siempre se escuchan, no importa la distancia, y a las que el maligno responde casi antes de que se pronuncien. El caso es que noté una repentina corriente de aire y oí un extraño ruidito sobre las losas de mi celda, un repiqueteo y una serie de golpes cortos y secos, como cuando la madre abadesa recorre los claustros apoyada en su bastón de madera de Malaca: algo que hizo que el corazón me diera un vuelco y se me parara, y la frente se me perlara de sudor frío. Y al darme la vuelta desde mi reclinatorio, ahí estaba, bajo la luz radiante y al mismo tiempo tenue de mi candela y la luna llena, que se mezclaban. De alguna manera parecía más grande; tan grande como yo pero, por lo demás, igual que siempre. La misma bata negra, ceñida con un pañuelo azul celeste, con las finas y rectas piernas de caballo y las pulcras pezuñas de ébano en el extremo; la misma barba de monje capuchino, largas orejas y pequeños cuernos rojos, y la misma expresión inflexible, con la mirada fija, boquiabierto, ansioso por entender de qué iba aquello y hacer lo que se esperase de él. Dobló en dos su cuerpo al hacer una reverencia y tocó el suelo con la mano como un rastrillo (la otra la tenía sobre el pecho); dejó caer su mandíbula inferior articulada con una sacudida incierta, dejando la gran y redonda boca abierta, con una lengua en su interior, listo para hablar. Recuerdo que me fijé en el tiempo que pasaba entre que abrió la boca y su discurso, y también que me dije a mí misma: «Yo le habría puesto unos ojos que pudieran mirar de un lado a otro», pero soy incapaz de asegurar si llevaba o no alambre o hilo atados. Me reí, pero al hacerlo me noté el aliento muy frío y, debajo de la toca, el pelo corto me empezó a picar y se puso rígido. Me dio la sensación de que pasaba una eternidad hasta que habló y, cuando lo hizo, con una voz de arpa de boca igual que la de una máscara, y me llamó por mi nombre, me sentí súbitamente aliviada y mi corazón se liberó y se sosegó. Me preguntó si sabía quién era él y se señaló una etiqueta que tenía en el hombro en la que se leía: «Beelzebubb Satanasso, príncipe de todos los diablos». Parecía duro de mollera y dado a explicaciones innecesarias y salvedades, aunque hablaba con una cortesía insólita y utilizaba bastantes palabras muy largas, cuyo significado describía a medida que hablaba. Quería conocer las medidas exactas según los nuevos principios de patronaje establecidos en la *Enciclopedia de conocimientos útiles para las damas*; y estaba muy interesado en saber si la figura del santo que llevaba el modelo de su bata era el segundo o el tercero a la derecha contando desde el centro, aunque yo le había dicho que era pelirrojo y llevaba botas verdes (a lo que hizo caso omiso), y luego si la figura estaba a la izquierda del altar, aunque yo le repetí que representaban a los Reyes Magos. También rebuscó un buen rato hasta encontrar el espacio del pergamino donde yo debía firmar con mi nombre, y le preocupaba que empezara con letras muy grandes y apiñara la última sílaba; se disculpó por obligarme a darme un pinchazo en el dedo, como si nunca antes me hubiera dado un pinchazo, y cuando terminó dijo: «Querida muchacha» y se olvidó del resto. Cerró la mandíbula con una sacudida brusca, volvió a doblarse en dos, hizo repiquetear los brazos y, mientras desaparecía con una serie de golpecitos, una nueva corriente de aire atravesó la celda. Esta mañana, cuando la hermana Rosalba ha venido a mi celda, me ha preguntado por qué había arrojado sulfuro en mi brasero de mano y si era para ahuyentar las polillas.

Jamás me santigüé ni recité a gritos ningún tipo de exorcismo porque, qué se le va a hacer, yo lo había convocado, y era una criatura de una naturaleza distinta.

Nochebuena de 1740

Por primera vez desde que tengo uso de memoria, he estado pensando en mi propia vida, y me han pasado por delante momentos de ella todos a la vez, igual que la anciana hermana seglar dice que le pasó cuando se cayó al río Natisone y creyó que iba a ahogarse. Y como hace mucho que no escribo a mi querido Gran Niño (aunque apenas sé por qué), le contaré qué tipo de niña era y cómo acabé amándolo más que a nada.

Por supuesto, desde el principio estuvo claro que yo iba a ser monja porque nuestra familia posee una prebenda en este noble convento y, de las tres hermanas, yo era la más joven y tenía una leve cojera. Nuestros padres eran muy sabios y virtuosos, y así lo dispusieron; igual que establecieron que uno de mis hermanos debía casarse y perpetuar nuestro ilustre apellido, mientras que los otros dos serían monseñor y caballero de Malta, respectivamente. Cuando nos llevaban a la gran villa cerca de Brenta, a mí me obligaban a permanecer sola en un gran cuarto, rodeada de reproducciones en color de monjas de diversas órdenes colgados en las paredes, y con una alcoba que representaba la gruta de un santo anacoreta, llena de búhos, calaveras y hermosas figuras alegóricas hechas de cartón entre las rocas de yeso. Cuando era pequeña, a veces me daba miedo ver esas devotas figuras al amanecer y saber que detrás del cabezal de mi cama había una ventana, con una cortina que se podía correr, que daba a la capilla donde estaban enterrados la mayor parte de mis antepasados. A menudo gritaba y lloraba de miedo, pero las jóvenes criadas decían que eso despertaría mi vocación. Y sin duda estaban en lo cierto, ya que yo era una niña rara y apegada a las cosas mundanas, adicta a juguetear en los jardines, rodar sobre la hierba y aspirar el aroma de las flores; y me encantaba ver navegar las barcazas desde la terraza, a los pavos reales contoneándose y a las palomas arrullando; y los bonitos vestidos de mi madre, y el maquillaje y los parches en forma de lunar, cuando su doncella nos llevaba a dos o tres de nosotros a pasar la mañana con ella, mientras le empolvaban y le rizaban el pelo, un paje negro le traía chocolate y su chichisbeo aspiraba rapé junto a su espejo; y los mercaderes y los judíos le traían bordados y joyas para que las comprara; y llevaba un mono en el hombro que a mí me daba miedo, porque me gritaba y trataba de agarrarme.

A los tres o cuatro años de edad, me consagraron a la Madre de Dios; tenía un vestidito como el de una monja, negro y blanco, con un rosario y una toca de mi tamaño; y había uno para los días de diario y otro para los domingos, y uno nuevo para cada Fiesta de la Ascensión y cada Navidad para hacer honor a nuestro ilustre apellido. Sin embargo, mis hermanas llevaban la ropa de dormir de encaje raído de mi madre, cortada a su medida, salvo cuando las iban a ver los visitantes: entonces las vestían con hermosos corpiños bordados y verdugados que se ponían sobre las enaguas, así como perlas y flores artificiales. A mi padre lo veía una vez a la semana y me infundía un gran temor por lo noble y justo que era. Cuando me recibía, llevaba la cabeza envuelta en un pañuelo a modo de turbante, unos anteojos con montura de cuerno sobre la nariz y una barba negra, y por lo general estaba elaborando oro con un astrólogo y metiendo demonios en retortas, aunque no creo que fuera cierto. Porque cuando salía con su góndola, llevaba capuz y máscara como todo el mundo; y cuando había una gala en nuestro palacio de Venecia, se plantaba en lo alto de la escalera con ropajes de seda como una peonía y una gran peluca blanca, y sonreía.

A mis hermanas y a mí nos enseñaron a bailar, a tocar un poco la espineta y a hablar francés; yo aprendía por mi cuenta a leer —más allá de deletrear las palabras, como hacían las demás— porque quería leer las hermosas leyendas y oraciones que había en el dorso de las ilustraciones de santos que los capuchinos errantes, y el cura que celebraba misa en nuestra capilla, nos regalaban a los niños. Y había colinas azules más allá de las copas de los árboles de Brenta, y una extensión de mar reluciente, con velas amarillas que se desplazaban entre las torres y las cúpulas, que se podían ver desde el lugar donde tendían a secar nuestra ropa blanca en Venecia. Y yo era una niña muy feliz y daba gracias al cielo por tener unos padres tan sabios y buenos. Pero lo que más feliz me hacía era la pintura que había sobre el altar de nuestra capilla y, siempre que mi joven criada quería hablar con los gondoleros (algo que había prohibido nuestra ama de llaves), me llevaba a la capilla, me ayudaba a trepar al altar y me dejaba allí durante horas, sabedora de que yo no haría ruido y no querría cenar. La pintura era la más hermosa del mundo. Estaba dividida por columnas coronadas con guirnaldas de flores y, en el centro, sobre un fondo de oro, dividido en filas y con abigarrados bermejos y naranjas, como la puesta de sol, estaba el trono de la *Madonna*, con la *Madonna* sentada en él, una hermosa dama aunque no tan hermosamente vestida como mi madre, sin maquillaje en el rostro y sin mostrar los dientes con una sonrisa. Y en los peldaños de su trono había angelitos con coronas de flores, algunos tocando la flauta o el laúd, otros con fruta y flores en los brazos, y un pequeño camachuelo de plumas rojas, igual que los que mis hermanos cazaban con la liga. Y quién estaba tumbado en la rodilla de la Virgen, dormido, profundamente dormido, sino Tú, Tú, mi querido Gran Niño, pequeño y desnudo, con las extremidades rollizas y la boquita roja, soñoliento después de mamar. La Virgen se inclinaba sobre ti mientras rezabas;

los ángeles te traían manzanas y te cantaban nanas; el pajarito sujetaba una cereza en el pico, listo para dártela cuando abrieras tus ojos entornados. El paraíso entero aguardaba a que te despertaras y sonrieras; y yo me sentaba y aguardaba también, sentada en el altar, hasta que se hacía tan oscuro que era imposible ver nada aparte del reluciente oro.

Yo no sabía qué aguardaba; ni siquiera cuando ingresé en el convento como novicia ni tampoco después de tomar el hábito. Durante años y años no supe qué aguardaba y, sin embargo, la espera me hacía tan feliz como los ángeles y el pajarito. No supe qué era lo que aguardaba hasta esta terrible semana pasada. Pero ahora lo sé y vuelvo a ser feliz en mi espera. Aguardo a que te despiertes, mi Gran Niño, tiendas los brazos y te acomodes en mis rodillas, y poses tu pequeña boca sobre mi mejilla y sientas mi abrazo y mi alma con una gloria indescriptible.

POSDATA DE LA HERMANA ATALANTA
BADOER, DEL CONVENTO DE SANTA MARÍA
DEL ROSAL DE CIVIDALE, EN FRIULI

15 de mayo de 1785

Fui yo quien salvé de la destrucción el diario de mi prima y querida hermana en Cristo, la hermana Benvenuta

Loredan. Había observado cómo metía papeles en el relicario de plata en forma de brazo y los saqué de allí para ocultarlos en mi celda, no fuera a ser que cayeran en manos de la hermana sacristana. En cumplimiento de mi voto de obediencia, más adelante le mostré algunos de ellos a la madre abadesa que, tras echarles un vistazo, me ordenó que los destruyera, como para evidenciar (algo que en realidad ella siempre había pensado) que la hermana Benvenuta había sido una boba y una deshonra para nuestro ilustre convento y para la noble familia de los Loredan, aunque no cabía duda de que había muerto en un aparente loor de santidad. A pesar de ser solo una novicia de quince años, fui incapaz de compartir la opinión de nuestra madre, así que conservé dichos papeles, segura de que un día redundarían en la gloria de Dios y de mi bendita prima. Y como, en efecto, esa esperanza se ha cumplido, y la santidad y los milagros de la hermana Benvenuta han inundado la ciudad de Cividale y el mundo de un asombro piadoso incluso en este siglo nuestro tan impío, he juntado esos papeles manuscritos y deseo, antes de seguir sus pasos hacia reinos más jubilosos, añadir unas palabras acerca de lo que presencié hace ahora cuarenta y cinco años, cuando la hermana Benvenuta falleció la Nochebuena del año 1740 de Nuestro Señor, siendo abadesa de nuestro convento la noble Giustina Morosini Valmarana.

En ese momento yo tenía quince años y me encontraba en el primer año de mi noviciado. Mi prima era cinco años mayor que yo, y hacía cuatro que era monja. A pesar de su ilustre cuna y sus muchas virtudes, no era muy apreciada en nuestro convento, donde se la consideraba una simplona y poco más que una niña pequeña. Sin embargo, entre nosotras las novicias imperaba una opinión distinta debido a su inmensa dulzura y su afectuosa bondad hacia nosotras en momentos de añoranza de nuestro hogar y melancolía juvenil; y también por su afable talante, así como sus fantasías, que en efecto se parecían a las de una niña, su gran amor por la música y los cuentos que narran las niñeras, por las flores y los animalitos, hasta el punto de domesticar lagartijas y ratones. Y en especial la queríamos por su especial devoción al Niño Jesús, aunque hablaba muy poco de él, convencida de que era una simplona y sin ser consciente de su propia gracia divina y su santidad. El hecho es que mi vocación tardó en manifestarse y que, con tan solo quince años de edad, a menudo me asaltaba la infelicidad ante la idea de abandonar el mundo, y me sentía muy sola en mi espíritu de rebeldía y mi sensación de indignidad. Y era precisamente mi prima, la Santísima Benvenuta, quien se encargaba de consolarme con bondad y conversaciones sobre el amor de Dios; y el suyo era el único consuelo que toleraba mi rebelde corazón. Entre nosotras fue creciendo una familiaridad, al menos por mi parte, pues mi prima nunca hablaba de sí misma y era más propensa a brindar afecto que a recibirlo.

Siendo así, ocurrió que en la Nochebuena del año 1740 de Nuestro Señor, cuando acudimos todas a la sala capitular para asistir a la misa del gallo, la madre abadesa se percató de la ausencia de la hermana Benvenuta Loredan y me mandó, por ser su prima y la novicia más joven, ir a buscarla a su celda, no fuera el caso que la hubiera asaltado una dolencia repentina. Pues durante las semanas previas, había sido tema de conversación habitual que la hermana estaba cada vez más delgada, más pálida, y que una mirada extraña se había adueñado de sus ojos, por todo lo cual se suponía (y nuestra abadesa la había reconvenido al respecto) que la hermana Benvenuta había acometido una penitencia singular, aunque ella siempre lo negaba. Con lo cual, mientras el convento entero, encabezado por nuestra abadesa *in Pontificalibus* (ya que era mitrada y princesa del imperio), se dirigía en solemne procesión hacia la capilla iluminada, yo corrí escaleras arriba hacia la celda de la hermana Benvenuta Loredan. Se encontraba al final de un largo pasillo y, mientras avanzaba, distinguí una luz muy brillante que salía por debajo de la puerta. También me pareció oír voces y sonidos que me llenaron de estupor. Me detuve y llamé con los nudillos, al tiempo que voceaba el nombre de la hermana Benvenuta, pero no obtuve respuesta. Mientras tanto, los sonidos, que de hecho eran los mismos que hacen las madres y las niñeras cuando mecen y arrullan a los bebés, se oían de una forma nítida e inequívoca, intercalados con besos y expresiones de amor. Recordé que la madre abadesa siempre había dicho que la hermana Benvenuta era una simplona que no tenía dos dedos de frente; pero por alguna razón aquellos sonidos no me suscitaron burla o enfado sino que, por el contrario, me llenaron de un amor abrumador que jamás había experimentado y que no tengo palabras para describir, a tal punto que tuve dificultades para resistir el impulso de postrarme ante esa puerta y dejar que me bañara la luz que salía por el resquicio, como si me hallara ante un misterio sagrado. No obstante, me recordé a mí misma cuál era mi deber y llamé de nuevo, sin éxito; así que, con mucha delicadeza, abrí el pestillo y empujé la puerta. De inmediato caí de rodillas en el umbral, incapaz de moverme o emitir sonido alguno, maravillada por la gloriosa imagen que se presentó ante mis pobres ojos de pecadora. La celda estaba inundada por la luz de cientos de velas y, en medio de ellas, como centro de esta fuente de resplandor, estaba sentada la hermana Benvenuta y, sobre sus rodillas, en pie, se hallaba el mismísimo Niño Jesús. Tenía los pies descalzos apoyados en cada una de las rodillas de ella y estiraba su cuerpecito desnudo para alcanzar su rostro, mientras trataba de rodearle el cuello con los brazos y acercar su boquita a la de ella. Y la Santísima Benvenuta lo sujetaba con la mayor delicadeza, como si temiera fracturar sus pequeñas extremidades; y se besaban y emitían sonidos que no eran palabras humanas sino parecidos a los de las palomas, y llenos de significado divino. En cuanto vi esta visión y oí estos sonidos, las rodillas me cedieron; caí en silencio al suelo, los ojos cegados por la gloria divina, mis labios tratando en vano de rezar; el tiempo pareció detenerse. Entonces, súbitamente, noté que me tocaban y me hacían levantarme, y entendí que la madre abadesa había enviado a más hermanas para ver qué ocurría con la hermana Benvenuta y conmigo.

La radiante luz se había disipado y la celda estaba iluminada por una única vela que descansaba sobre el reclinatorio; pero a mí me parecía (y también a aquellas hermanas a quienes les pregunté) como si en el ambiente flotara un tenue resplandor, así como extraños sonidos remotos de flautas y violas de amor, y una maravillosa fragancia como a rosas de damasco y azucenas al sol. La hermana Benvenuta estaba sentada igual que yo la había visto, abrazada a la figura de cera del Pequeño Salvador salida de la sacristía; y un hermoso ropaje de hilos de oro y plata entretejidos había caído y descansaba a sus pies. Y la boca y los ojos de la hermana Benvenuta estaban muy abiertos en una expresión de éxtasis. Y estaba exánime y su cuerpo ya se había enfriado. Lo que nadie pudo entender fue que cerca de la ventana de la celda, en el suelo, yacía uno de los títeres de un espectáculo que se había representado en nuestro convento unos meses atrás, una figura con barba, cuernos y pezuñas, con una etiqueta en la que se leía: «Beelzebubb Satanasso». Sus alambres estaban doblados y retorcidos, tenía la mandíbula articulada reducida a pedazos y su ropa chamuscada yacía a su alrededor.

[*Fin de la posdata de la hermana Atalanta Badoer, en esa época novicia en el convento de Santa María del Rosal, y prima de la Santísima Benvenuta Loredan*].

ÍNDICE

Esta primera edición de *Espectros*,
de Vernon Lee, se terminó de imprimir en Grafica Veneta S.p.A.
di Trebaseleghe (PD) de Italia en mayo de 2024.
Para la composición del texto se ha utilizado la tipografía Arno Pro,
diseñada por Robert Slimbach.

Duomo ediciones es una empresa comprometida
con el medio ambiente. El papel utilizado para
la impresión de este libro procede de bosques
gestionados sosteniblemente.

PEFC

PEFC/18-31-226

Este libro está impreso con el sol. La energía
que ha hecho posible su impresión procede
exclusivamente de paneles solares. Grafica
Veneta es la primera imprenta en el
mundo que no utiliza carbón.

GRAFICA VENETA

Otros libros de la colección

DarkTales